À l'ombre de nos frères

Tome 3 : Évidences

Virginia Etxé

À L'OMBRE DE NOS FRÈRES

Tome 3 :

ÉVIDENCES

Virginia Etxé

ROMANCE

www.soromance.com

Précédemment...

Avant de retrouver Jonas et Louise dans ce dernier tome qui clôture leur aventure, laissez-moi vous rafraîchir un peu la mémoire...

Nous les avons quittés à la fin du second tome au salon de l'érotisme.

Louise vient d'apprendre les circonstances de la mort de son frère et de Jack de la bouche de Jonas alors que celui-ci le racontait à Jim.

Elle s'est enfuie avec Camille, après avoir dit à Jonas qu'elle ne voulait plus entendre parler de lui, qu'il était un meurtrier.

Alors qu'elle vient de passer la nuit avec Camille et qu'elle sort de sa chambre, Jonas la retrouve dans ce couloir d'hôtel, lui dit à quel point il ne peut plus se passer d'elle, à quel point il est fou d'elle...

Mais au même moment, Camille sort de la chambre de Louise et Jonas comprend qu'elle vient de passer la nuit avec lui, alors qu'il pensait qu'elle ruminait les circonstances de la mort de leurs frères.

Il lui hurle dessus, ne veut plus rien avoir à faire avec elle et part. Il décide de la rayer de sa vie.

Nous retrouvons donc Louise abasourdie, dans ce couloir, après que la tornade Jonas lui a dit adieu.

Chapitre 1
Louise

Mon regard ne peut se détacher du dos de Jonas qui s'éloigne alors que mon cœur bat à un rythme effréné.

Mais qu'est-ce que je viens de faire ?

Les larmes affluent sans que je cherche à les retenir. Encore une fois, nous n'avons pas réussi à communiquer. Mais qu'est-ce que ça aurait changé ? Nos frères sont morts en partie à cause de lui. Il l'a dit à Jim hier soir, j'ai tout entendu, que dire de plus ?

Je sursaute lorsqu'une main chaude se pose sur mon épaule. Camille ne dit rien, il se contente de me prendre dans ses bras. Je me presse contre son corps chaud, mon nez enfoui dans son cou alors que ses mains me caressent le dos.

Tu ne vaux pas mieux que les nanas que je baise tous les soirs Louise.

Cette phrase tourne dans ma tête et me fait plus de mal qu'elle ne le devrait. Encore une fois, Jonas a réussi à me rabaisser au même niveau que celles qu'il épingle régulièrement à son tableau de chasse. Camille ne dit rien, je ne sais pas comment me comporter avec lui. C'est idiot. Je pleure dans les bras de l'homme avec qui je viens de passer la nuit le départ d'un homme qui ne veut plus entendre parler de moi.

J'essuie une dernière larme sur mon visage avant de relever les yeux vers Camille qui m'observe avec un petit sourire :

— C'est donc lui ?

Je fronce les sourcils. Il reprend :

— La raison pour laquelle c'est compliqué pour toi ?

Je ferme les yeux et repense à nouveau aux paroles qu'il vient de m'envoyer en pleine face. *Tu ne vaux pas mieux que toutes les nanas que je baise tous les soirs Louise. Adieu.* Jonas a pris sa décision, il veut tourner la page, je me dois d'en faire autant.

— Plus maintenant Cam, plus maintenant…

Il s'approche lentement de moi et me serre dans ses bras.

— Ça va aller ?

— Oui. Allons déjeuner, je ne veux pas être en retard pour l'ouverture du salon.

Lorsque nous nous asseyons, j'ai du mal à regarder Camille en face. Il vient d'assister à la scène avec Jonas, mais ne me demande rien, ne me pose pas de question. Je ne sais pas vraiment comment je dois le prendre. Est-ce qu'il se fiche de moi ? Est-ce qu'il ne voulait passer qu'une nuit avec moi et qu'il va me laisser lui aussi ? Est-ce pour cette raison qu'il ne m'interroge pas ?

— Arrête de cogiter, ma belle.

Je relève les yeux vers lui et suis surprise par son sourire malicieux. Il pose sa main sur la mienne et la serre doucement.

— Louise, je ne veux pas savoir, je ne veux pas connaître les détails de votre relation.

— Mais…

Il me coupe :

— Louise, je veux aller de l'avant.

Je ne vois pas où il veut en venir, ses yeux brillent, pour une fois, j'ai l'impression que Camille cherche ses mots.

— Avec toi.

Mon cœur loupe un battement alors que Camille ne me quitte pas des yeux. Que répondre à ça ? Il serre à nouveau ma main avant de prendre une chocolatine et de mordre dedans à pleines dents. Le Camille mature m'impressionne, je comprends que son côté malicieux n'est qu'un moyen de cacher ses vrais sentiments. Et si, pour une fois, j'essayais de ne pas me compliquer les choses et que je les laissais venir ?

Devant l'entrée du salon, Cam m'embrasse tendrement en me serrant dans ses bras.

— Je suis là si tu as besoin, princesse.

Je souris et l'embrasse à nouveau en me lovant contre lui. Je rejoins Lily et Dan qui ont tout préparé pendant mon absence.

— Salut ma jolie ! me lance Lily.

— Salut toi ! Désolée pour le retard, ma nuit a été courte…

Elle me sourit tristement.

— Comment vas-tu ?

Elle m'interroge en m'attrapant le bras pour nous éloigner un peu de Dan.

— Je vais bien, pourquoi ?

— Parce qu'avec ce que tu as appris hier soir, je me doute que tu as dû passer une mauvaise nuit…

— Oh… Non, ça va, je t'assure, Lily.

— Bien, en tout cas, si tu as besoin d'en parler, je suis là, ma belle !

— Merci.

Nous repartons vers le stand lorsqu'elle rajoute :

— Tu as vu Jonas ce matin ?

Je baisse la tête. Elle ne remarque pas mon trouble.

— Non, parce qu'avec Jim, on l'a retenu toute la nuit pour qu'il ne vienne pas te voir. Il était tellement mal que tu l'aies appris de cette façon, il voulait tellement s'excuser… Et ses larmes… Ça faisait bien longtemps qu'il n'avait pas été dans cet état…

J'essaie de rester de marbre face à ces révélations.

— Il est venu me voir ce matin. Tout est réglé.

— Oh ! Super ! Je préfère ça.

Nous rejoignons Dan. J'agis comme un automate toute la journée, je souris sur commande, certaines personnes me déposent leur manuscrit en espérant qu'un jour ils seront le nouveau Dan et je réponds machinalement à leurs questions.

Mon corps est présent, mais mon esprit divague. Je pense à Jonas, à notre énième conflit – le dernier, je pense. Cela aurait pu être si simple entre nous. Mais je me rends compte que depuis tout ce temps, depuis qu'il sait que Loukas est mon frère, il m'a menti.

Pourquoi ne pas m'avoir tout dit depuis le départ ? Depuis notre rencontre ? Au moins, j'aurais pu l'écouter, j'aurais peut-être pu lui pardonner, mais non, il a fallu qu'il me cache cette partie de sa vie, celle qui me concerne directement. Je comprends mieux son côté torturé, pourquoi il paraît toujours triste, toujours ailleurs. Il porte ce poids sur les épaules depuis presque un an maintenant, seul.

Je ne sais pas si je vais pouvoir lui pardonner d'être la cause de leur mort et de ne pas me l'avoir dit directement. Ça concerne mon frère, mon double. Loukas me manque chaque jour, chaque minute, chaque seconde qui passe. Tous ces moments à croire que la faute m'incombait, toutes ces nuits à pleurer sa disparition, à me sentir seule coupable de leur accident alors qu'il savait et qu'il a préféré me laisser dans ma tristesse et mon désespoir. Lui pardonner ? Pas encore, il est bien trop tôt, je vais devoir digérer sa soi-disant omission pour pouvoir mieux me tromper. Il s'est comporté comme un lâche en ne voulant rien me dire. J'essaie la plupart du temps de refouler mes émotions afin de ne pas sombrer, mais cette nouvelle révélation a du mal à passer, je vais devoir prendre du recul avec tout ça. Et je sais maintenant que Camille va m'y aider.

— Louise ! Un beau gosse demande après toi ! me beugle Lily.

Je sors de mes pensées pour lever les yeux vers le beau gosse qui me sourit avec un sourcil relevé tout en avançant lentement vers moi. Camille a son petit sourire malicieux, et le fait que Lily l'ait appelé beau gosse le fait fanfaronner un peu plus. Je m'avance lentement vers lui et ne peux m'empêcher de lui sourire en retour. Je dois concéder que cet homme a incontestablement un don : il me fait oublier mes soucis d'un simple regard. Camille me serre dans ses bras et me souffle un :

— Ça va, ma belle ?

— Maintenant oui ! je lui murmure en mettant mon nez dans son cou.

Le corps de Camille se tend lorsqu'une tornade rousse s'approche de nous à vitesse grand V pour s'arrêter à quelques pas de nous en rugissant :

— J'ai raté un épisode ?

Je relève la tête vers elle et essaie de retenir mon rire en l'observant un peu plus. Elle a les jambes écartées, les mains sur les hanches et attend en tapant du pied.

— Lily, je te présente Camille. Camille, voici la tornade Lily.

Elle le toise, semble réfléchir. Camille la regarde avec son petit sourire malicieux, son sourire de gosse.

— Alors vous… ensemble ? elle fait un signe de la main entre Camille et moi. Depuis quand ?

— Lily ! je lui lance en me détachant de Cam.

Il me retient en posant une main sur mon épaule et se rapproche un peu plus d'elle.

— Non ! Non, laisse, c'est bon. Après tout, elle a le droit de savoir que nous sommes ensemble depuis, dit-il en regardant sa montre, deux heures du matin environ et que nous allons continuer pendant les jours, les semaines et les mois qui viennent…

Je crains le pire en observant le visage de Lily. La connaissant, elle est capable de lui sauter à la gorge. Il est vrai qu'elle ne le connaît pas et qu'elle se retrouve du jour au lendemain face à un homme qui lui dit que nous venons de passer la nuit ensemble. Elle n'est pas censée savoir que nous nous connaissons depuis plusieurs semaines maintenant.

— Oh, et avant votre partie de jambes en l'air de cette nuit, vous vous connaissiez ou vous avez eu une révélation à deux heures du mat' ?

Je lève les yeux au ciel face à sa répartie, elle est impossible. Cam s'approche de son oreille sans que Lily bouge d'un pouce et lui murmure :

— En fait, cela fait plusieurs semaines qu'elle me laisse la masser, la caresser, la toucher et hier soir je n'ai pas pu résister à l'appel de son petit short sexy qui ne m'inspirait que des choses pas très catholiques…

Elle se retourne vers moi excédée :

— Louise !

Je ris en les regardant tous les deux : une tornade et un ouragan. J'hésite à la faire patienter encore un peu avant de lui dire, mais la connaissant, elle serait capable de faire un scandale.

— Camille est mon kiné, nous avons sympathisé et… voilà !

— Oh, et comme par hasard, il était là hier soir quand tu as eu besoin ?

— Exactement, mais il n'était pas prévu que j'apprenne certaines choses désagréables hier soir…

Elle le toise un moment, son regard parcourt lentement le corps de Camille de haut en bas et de bas en haut. Camille croise les bras sur son torse et se laisse mater sans se départir de son sourire. Je vois que Lily apprécie ce qu'elle voit et si ce n'était pas une amie, j'avoue que j'y aurais mis un terme au plus vite. Elle tourne brusquement la tête vers moi puis vers Camille et s'approche de lui pour lui faire la bise.

— Bienvenue dans notre vie de fou, Camille !

Elle me regarde et rajoute en devenant blême :

— Oh putain !

— Quoi ?

— Tu imagines hier soir ! Si avec Jim on n'avait pas retenu Jonas ? Je ne veux même pas imaginer la tête qu'il aurait faite s'il vous avait surpris en train de baiser ensemble ! Il aurait été ingérable, c'est sûr !

Cam se retourne vers moi :

— L'homme de ce matin ?

— Il vous a vu ? Je veux dire… ensemble ?

Je me sens un peu gênée, mais après tout, elle a le droit de savoir ce qu'il en est vraiment. Et comme je sais qu'elle va avoir la version de Jonas, je préfère lui donner la mienne.

— Disons que Jonas a vu Camille sortir de ma chambre et qu'il en a déduit que nous avions passé la nuit tous les deux.

— Ce qui est vrai, non ?

— En effet, dit Camille.

— Et comment a-t-il réagi ? me demande Lily.

— D'après toi ? je lui lance.

— Il faut le comprendre ma belle, tu sais il…

Je la coupe :

— Oh, mais oui ! Le pauvre… Il baise tous les soirs tout ce qui lui tombe sous la main depuis quelques semaines, et moi, je devrais rester seule ? Il n'avait pas sa queue dans une femme encore hier soir, Lily ? Alors s'il te plaît, arrête de lui trouver des excuses ! Jonas est un connard égoïste, arrogant et il ne changera jamais ! Et puis, nous n'avons jamais été un couple merde ! Je ne lui dois rien.

— Écoute ma belle, je comprends ton point de vue, mais mets-toi un peu à sa place, toute cette histoire avec vos frères, ça le bouffe depuis presque un an… Il était seul à assumer tout ça et…

— Comment ça seul ?

— Nous l'avons appris hier soir comme toi, ma jolie, il n'en avait parlé à personne. Il vit avec ça depuis quelque temps maintenant…

Je ferme les yeux et souffle. Je m'en fous, il m'a rayé de sa vie, je vais en faire de même à partir d'aujourd'hui. Jonas n'a jamais existé pour moi.

— De toute façon, c'est réglé. Il sort de ma vie, je sors de la sienne. Point barre.

— Qu'est-ce que tu racontes ?

— C'est mieux comme ça et puis d'après lui, je te cite ses propres mots : « Tu ne vaux pas mieux que les nanas que je baise tous les soirs, Louise. Adieu. » Ça a le mérite d'être clair, non ?

— Très clair.

Je me retourne pour parler à Camille, mais je me rends compte qu'il n'est plus à côté de moi. J'étais tellement concentrée sur ma conversation avec Lily que je ne l'ai pas vu s'éloigner. Au moins, il n'a pas tout entendu et ce n'est pas plus mal. Camille est un homme plus âgé, et malgré ses réactions parfois enfantines, je sais que c'est un homme posé.

Chapitre 2
Jonas

Dernier concert ce soir. Les quelques semaines qui étaient prévues au début de la tournée se sont transformées en mois. Notre succès est phénoménal. Jamais nous n'aurions pensé que ça irait si vite, ça a été une énorme déferlante. Le public est de plus en plus nombreux à venir nous voir. Nous avons retrouvé des personnes qui nous suivaient déjà à nos débuts et découvrons un nouveau public. Nous devions entrer en studio pour enregistrer une maquette, mais une maison de disque nous a contactés pour enregistrer en suivant. J'ai réussi à prendre mes marques sur scène, sans Jack, mais Fred assure grave, il apporte une touche en plus, un rythme différent.

Pour notre dernier concert de la tournée ce soir, nous avons demandé à Lily de nous rejoindre. Après tout, c'est un peu grâce à elle et à sa motivation que nous en sommes là aujourd'hui. Elle m'a empêché de toucher le fond, de me noyer dans mes souvenirs et ma tristesse. L'immense colère que j'avais en moi s'est transformée en partitions, en paroles, une vraie délivrance.

— Alors les gars ! Le dernier !

La tornade rousse déboule dans la loge sans frapper comme à son habitude. Fred est, comme toujours, déstabilisé et rougit dès qu'elle pose les yeux sur son torse dénudé. Lily nous embrasse tous, elle est toujours aussi magnifique, ça me fait un bien fou de la voir.

Les gars se dirigent vers la scène à travers les coulisses en tapant dans les mains des techniciens qu'ils croisent. J'en fais de même alors que Lily prend ma main et la serre. Je me retourne vers elle, et sans prévenir, elle me prend dans ses bras en me serrant très fort. Un câlin à la Little Lil. Je lui rends son étreinte avec plaisir, elle me manque tellement en ce moment. Nous n'avons plus une minute à nous, et les moments de tendresse comme celui-ci se font rares. Lorsqu'elle s'éloigne de moi, je vois que ses yeux brillent.

— Que me vaut cet honneur ?

— Je t'aime, tu sais ? Et je suis fière de toi.

Je ne sais jamais quoi lui répondre dans ces moments-là, elle sait très bien que je n'aime pas ces effusions de bonheur et d'amour.

— Merci, ma belle, mais nous sommes quatre sur scène…

Je vois ses magnifiques yeux verts qui s'emplissent de larmes :

— Pourquoi pleures-tu alors ?

Elle s'essuie le dessous des yeux avec ses pouces afin de ne pas faire couler son maquillage.

— Parce que, elle renifle, je me dis qu'il doit être si fier de toi là-haut…

Je ne sais pas quoi lui répondre, il est vrai que nous vivons ce que nous avons toujours espéré lorsque nous étions adolescents, mais malheureusement, il n'est plus avec nous pour assister à notre succès. Je prends Lily dans mes bras et la serre aussi fort que je peux en lui mordant le cou comme lorsque nous étions ados. Elle se recule en rigolant. Puis son regard devient plus sérieux.

— Est-ce que je peux te poser une question Jonas ?

— Depuis quand tu demandes la permission ?

— Est-ce que... est-ce qu'il t'arrive de penser à elle ?

— Oh...

Que lui répondre ? Que je pense à elle tous les soirs ? Que je me demande si elle est toujours avec son mec que j'ai croisé l'autre jour. Si elle est seule ? Triste ? Si elle pense à moi ? Que j'aimerais l'avoir dans mon lit toutes les nuits ? Que je veux encore être en elle ? Que cent fois, j'ai pris mon téléphone pour appeler Lina ?

Mais je lui réponds simplement :

— Non, plus du tout. Et puis j'ai trop de boulot pour ces conneries !

Je file vers la scène et la laisse plantée là pour qu'elle ne voie pas que je lui mens. Elle me connaît si bien qu'elle le verrait à la seconde même où son regard croiserait le mien. Lily nous rejoint sur scène, discute avec les gars avant de revenir vers moi.

— Comme c'est votre dernier concert avant votre entrée en studio, j'ai une petite surprise pour toi.

— Lily...

— Tu veux bien que je chante seule pour la première ?

— Heu... Tu sais que je n'aime pas les surprises Little Lil...

— Allez, un peu de courage mon beau !

— J'imagine que je n'ai pas le choix ?

Elle me fait un clin d'œil et s'avance vers un des deux micros au centre de la scène. Les applaudissements et les cris emplissent la salle. Que j'aime entendre ce son. Lily a son petit cercle de fan et le public sait à quel point nous sommes proches tous les deux. Certains pensent toujours que nous sommes frère et sœur, nous n'avons jamais rien fait pour les en dissuader, après tout, c'est un peu le cas.

— Salut à tous ! leur crie Lily.

La foule lui répond dans un concert de cris, de hurlements et d'applaudissements.

— Je suis ici ce soir pour accompagner IDiavoli avant leur entrée en studio et j'ai une petite surprise pour mon grand frère ici ! Alors, soyez indulgents, nous n'avons pas beaucoup répété !

La foule tape dans les mains et rigole. Elle a toujours eu ce don, cette empathie que les gens ressentent lorsqu'ils sont en sa présence. Elle se retourne vers moi et me dit tendrement dans le micro :

— Tu devrais t'asseoir, je pense…

Et elle s'adresse à la foule.

— C'est une chanson qu'un très bon ami à nous a écrite, elle parle d'une histoire d'amour, de fierté, de peur, de reconnaissance. Je sais que Jack nous regarde de là-haut et qu'il est fier de nous…

Elle se tourne vers moi :

— De toi…

Dès les premières notes, mon cœur bat la chamade, il va exploser. Une chaleur intense parcourt mon corps, je tremble, mes jambes ne me portent plus, je dois en effet m'asseoir.

La voix rauque et grave de Lily chante l'histoire de cet homme perdu dans ses sentiments. Elle chante le ressenti de Jack face à moi, de la fierté que mon petit frère éprouve envers moi, de son admiration. Mais aussi de sa peur de m'avouer l'inavouable, de la peur de mon jugement. De son sourire de façade lorsqu'il est à l'extérieur et de sa tristesse lorsqu'il est entre quatre murs. Elle chante son souhait de voir les deux hommes qu'il aime le plus au monde se rencontrer enfin, et s'apprécier malgré son choix d'aimer autrement.

Elle chante tout l'amour que mon frère avait pour Loukas et pour moi.

Je me rends compte maintenant que j'ai été con de lui demander de choisir entre nous deux ce soir-là, car il nous aimait tous les deux, pas de la même manière, mais avec la même intensité, nous étions égaux dans son cœur, et ça, je ne le comprends que maintenant…

Trop tard, bien trop tard.

Le tonnerre d'applaudissements et les cris du public me sortent de ma torpeur. Je dois me relever, je le sais. Je vois le sourire de Lily à travers mon regard embué de larmes. Je les chasse d'un geste brusque et la rejoins pour la serrer dans mes bras. Je remarque que Jim a les yeux aussi brillants que moi il y a quelques instants, ainsi que Stan. Ils ont aussi partagé un bout de la vie de Jack.

— Merci ma jolie…

Ses grands yeux verts brillent et ses larmes descendent le long de ses joues faisant couler son maquillage.

— Je t'aime, mon frère.

— Moi aussi, petite sœur.

Je la prends dans mes bras, la serre aussi fort que je peux. J'entends au loin les sifflements et les cris du public qui nous entoure et je pense à mon petit frère. Little Lil se recule un peu, me fixe de ses grands yeux verts larmoyants et me sourit. Je prends le micro qu'elle me tend et hurle à la foule :

— À Jack !

Et tout le public reprend :

— À JAAAACCCKKK !

Stan enchaîne en suivant sur un rythme à la batterie et nous repartons dans le concert. Je pense à mon frère, à cette nuit-là, à Loukas. À *elle*. C'est un melting-pot de sensations que je transmets aux gars et au public face à nous.

Alors que je sors de la salle d'eau embuée de la loge, je surprends une conversation entre Lily et Jim.

— Elle est heureuse tu sais, Cam est un homme avec qui elle se sent bien…

— Est-ce que c'est sérieux ?

— Tu sais, elle ne me dit pas tout, mais elle est bien plus reposée qu'il y a quelque mois, elle est moins torturée…

— Oh, tu la vois souvent ?

— Au boulot déjà, et puis je sors avec eux de temps en temps.

— Avec eux ?

— Oui, Camille a un beau-frère et une nièce très cool, tu sais ! Il faudrait que tu les rencontres un jour Jim, vraiment !

— Ouais…

— Jim, tu sais très bien que leur relation était malsaine. Une sorte de « je t'aime moi non plus ». Ils se faisaient du mal…

Ils stoppent leur conversation alors que je m'avance vers eux pour m'habiller.

— Quoi ? je leur lance.

— Rien ! Rien !

— Continuez, ne vous gênez pas pour moi !

Ils se regardent tous les deux pendant que j'enfile mon jean. Je lâche :

— Il me semble que tu en étais à « Ils se faisaient du mal », je crois.

— Jonas ! m'intime Lily. Ne le prends pas comme ça !

— Ah ouais ? Alors lorsque tu auras fini d'analyser mon comportement avec ta psychologie de merde, vous viendrez me rejoindre au bar.

Et je me barre en claquant la porte. Comme si j'avais besoin d'entendre qu'elle était bien avec son nouveau mec. Tant mieux pour elle, grand bien lui fasse ! Moi, je vais choper une petite nana pour la soirée afin de m'enlever l'image de Louise et de son mec de ma tête. La salle s'est bien vidée, il ne reste que les habitués. Quelle n'est pas ma surprise lorsque je vois Aaron se diriger vers moi pour me féliciter de notre prestation. Cela fait quelque temps que je ne l'avais pas vu. Sans que je lui demande, il me précise qu'Adela viendra un peu plus tard, car elle avait un show ce soir…

Chapitre 3
Louise

Je sèche les larmes qui coulent le long de mon visage. Camille repose l'ordinateur sur la table basse et me serre dans ses bras. Je viens de voir la prestation de Lily sur scène ; l'avantage d'Internet, c'est que les gens diffusent les concerts en direct. Elle m'avait demandé la permission de chanter cette chanson, car elle me concerne tout autant que Jonas. J'ai accepté, bien sûr ; elle reflète tellement les sentiments de Jack à cette époque. Mais je ne pensais pas que la voir et l'entendre la chanter me ferait un tel effet. Elle est si belle, et les regards qu'elle lance à Jonas lorsqu'elle chante prouvent qu'ils sont si unis, si proches. Je vois les yeux brillants de Jim et de Stan, et les larmes de Jonas qui malgré tout, sourit à Lily. Mon cœur a du mal à calmer ses battements frénétiques.

Revoir Jonas après ces quelques mois écoulés, le voir sourire, pleurer, ravive beaucoup trop de choses que je pensais enfouies tout au fond de moi.

Je me souviens des circonstances dans lesquelles Jonas a découvert que cette chanson existait. Elle était sur mon iPod qu'il avait trouvé et qu'il n'avait pas voulu me rendre jusqu'à ce que je le découvre chez lui. Je me souviens de ma colère lorsque je me suis rendu compte que tout ce temps, il l'écoutait et me privait du seul lien qu'il me restait avec Loukas. Et puis, pour me venger un peu peut-être, je lui avais fait écouter plus attentivement cette chanson. Je me souviens de sa réaction, il m'avait sauté au cou, il me serrait très fort, j'avais eu peur, mais il m'avait mis dehors en s'apercevant que je savais depuis toujours et que je chantais aussi sur ce morceau.

Et maintenant, voir Lily la chanter sur scène me donne des frissons, je n'ai pas pu retenir mes larmes. Les bras chauds de Cam se resserrent autour de moi pendant qu'il m'embrasse le cou.

— Ne pleure pas princesse…

Je souris malgré moi en les regardant évoluer sur scène : ils donnent tout. Nous sommes assis sur mon canapé pendant que le concert continue. Leur dernier concert d'une longue série qui les a tenu éloignés pendant quelques mois.

Cam connaît les grandes lignes de ma relation avec Jonas. Bien sûr, je lui ai épargné les détails sexuels, mais il a bien compris que ça avait été assez intense entre nous. Mais il n'est pas en reste, au contraire. Je me sens bien avec lui ; il ne se prend pas la tête, ce qui est assez reposant, il faut le dire. Cam est une personne qui a un esprit enfantin – même s'il a énormément de responsabilités –, mais dans un corps d'homme… Et quel corps ! Je ne me lasse jamais de faire l'amour avec lui, je découvre un homme tantôt tendre, tantôt brutal, parfois les deux, et j'adore ça.

Il ne me pose jamais de questions indiscrètes, même s'il est jaloux, ce qu'il arrive à me faire comprendre très facilement. Je me souviens d'il y a quelques semaines, lorsque j'étais au salon de l'érotisme. Je discutais avec un homme qui voulait plus de renseignements sur l'auteure qui était avec moi ce jour-là. Il était penché vers moi et avait plus souvent les yeux rivés sur mon décolleté que dans mes prunelles, mais je ne m'en formalisais pas. Et puis, j'ai vu l'homme se relever en un mouvement, Cam était derrière lui, il le tenait par les cervicales. Il l'a regardé dans les yeux et lui a susurré :

— Chasse gardée. Garde les yeux dans tes poches !

Puis il m'avait attrapée par la nuque et m'avait embrassée comme si la terre s'écroulait autour de nous. Je lui avais tapé sur le bras en lui expliquant que j'avais sûrement perdu un futur auteur et il m'avait répondu :

— Tant mieux ! Un pervers de moins qui rôdera autour de ma nana !

Et il m'avait embrassée encore une fois. L'auteure qui m'accompagnait avait rigolé en nous voyant et je lui avais fait promettre de ne pas le répéter à mon patron. Elle avait accepté volontiers en voyant la moue enfantine de Camille.

— Comment te sens-tu princesse ?

— Bien. Que ferais-je sans toi maintenant ?

— Hum… Je ne sais pas, tu serais dans une salle de concert à écouter IDIAVOLI ?

Je me retourne vers lui.

— Quoi ?

— Louise, je vois très bien que tes amis te manquent ! Ça va faire quoi ? Deux mois ? Trois ? Que tu ne les as pas vus ?

Je souffle.

— Laisse tomber, je suis très bien avec toi.

Il veut me répondre, mais je monte sur ses cuisses et lui fais face. Je prends son visage entre mes mains et lui dis :

— Pour rien au monde, je ne changerais ma place avec une autre, Cam.

Je l'embrasse avant qu'il ne puisse répliquer quoi que ce soit. Ses mains se déplacent sous mon tee-shirt, me caressent, dégrafent mon soutien-gorge pour se glisser sur mes seins. Je grogne, il passe mon tee-shirt par-dessus ma tête et ses lèvres fondent sur ma poitrine pendant que ses mains me caressent toujours. Son tee-shirt et nos pantalons se retrouvent au sol, je le chevauche à nouveau, me frotte contre son érection naissante. C'est tendre et doux. Nous faisons l'amour ainsi, lentement, mon corps n'est que sensation de douceur, de frissons, il joue avec sa langue, avec son souffle, je deviens un jouet entre ses mains. Lorsque son corps musclé recouvre le mien et qu'il m'embrasse, je suis dans une bulle de bonheur intense, je ne veux pas que ça s'arrête. Lorsqu'il me dit des mots doux à l'oreille, je fonds, je gémis sous son corps d'athlète qui accélère ses mouvements, jusqu'à la délivrance.

Nous restons ainsi un moment, nos corps encore unis, à se caresser mutuellement ; ma   peau est recouverte de frissons, la sienne également. Nous restons enfermés dans notre bulle de volupté jusqu'à ce que son téléphone sonne. Il ne répond pas puis il sonne une seconde fois. Il grogne et se lève pour l'attraper dans la poche de son jean. Je ne peux qu'admirer ses fesses rondes et musclées qui se déplacent sous mes yeux.

— Oui ?

— …

— Eh bien, il n'a qu'à boire un coup ou deux ou trois en attendant !

— …

— Je sais ma belle, on fait au mieux. À dans cinq minutes !

Je me relève et lui demande :

— À dans cinq minutes ?

— Oui, Marc et Océane nous attendent, tu sais ?

— Non, je ne sais pas !

— Ah, j'ai dû oublier de t'en parler alors ! Bref, nous sommes attendus pour dîner avec eux !

Il éclate de rire.

— Et on doit y être à quelle heure ?

Il regarde sa montre :

— Quinze minutes...

— Dans quinze minutes ! Mais Cam ! Il faut qu'on se dépêche...

Je me lève, attrape mes affaires qui sont étalées dans le salon pour me diriger au plus vite vers la salle de bain lorsqu'il me dit en riant :

— Ne te dépêche pas Louise, on devait y être il y a quinze minutes déjà !

Je lève les yeux au ciel alors qu'il s'échappe en riant toujours. Cam et la ponctualité ! Je ne comprends pas comment il peut faire pour toujours être en retard.

Après une douche express, je le rejoins à la cuisine. Il est assis tranquillement sur le comptoir, en boxer, les pieds dans le vide, torse nu, pieds nus et regarde son téléphone. Mes yeux parcourent son corps d'athlète. Ses cuisses qui se balancent, ses bras dont les muscles roulent sous sa peau, son torse bronzé, ses pectoraux formés. Et comment ne pas fondre devant ses abdominaux si bien dessinés. Cet homme me fait penser à la statue d'un dieu grec en plus affiné. Un athlète, mon athlète. Lorsque je vois ce corps, je ne peux pas lui reprocher toutes ses séances d'entraînement quotidiennes qu'il s'impose. C'est moi qui en profite le plus !

Je me glisse entre ses jambes et pose mes mains sur la peau nue de sa taille. Des frissons parcourent son torse.

— Cam... Je peux savoir ce que tu fais ?

Il me sourit, se penche vers moi et m'embrasse tendrement. Ses mains passent sous mes aisselles et il me soulève comme si je ne pesais rien pour m'asseoir sur lui tout en continuant de faire danser sa langue dans ma bouche. La sonnerie de son téléphone nous interrompt. Il grogne lorsqu'il se détache de ma bouche pour regarder le message.

— Il faut qu'on bouge ma belle si je ne veux pas que Marc nous fasse une scène…

Camille a réussi en quelques secondes à me faire oublier ce pour quoi on devait se dépêcher. Cet homme causera ma perte, c'est certain.

Nous arrivons avec une bonne demi-heure de retard au restaurant pour trouver Marc avec plusieurs verres vides devant lui et Océane qui fait la tête… Merci Cam et ton corps de rêve. Il me regarde en haussant les épaules et s'avance vers eux avec un immense sourire.

— Désolés pour le retard ! Mais Louise avait une envie que j'ai dû assouvir, si tu vois ce que je veux dire !

Il fait un clin d'œil à Marc alors que je deviens toute rouge, et rajoute :

— Et tu sais très bien qu'il ne faut pas laisser une envie inassouvie, hein, Marc ? Surtout au tout début d'une relation plus que prometteuse…

Il s'assoit comme s'il ne venait pas de raconter une partie de notre vie sexuelle. Cet homme est un vrai gosse. Je regarde Océane qui sourit à son oncle. Mais oui, c'est ça ! En fait, nous sommes deux adultes et deux adolescents à table ce soir. Je me place face à Marc :

— Excuse-nous pour le retard, mais l'adolescent qui m'accompagne m'a appris que nous devions manger avec vous ce soir, il y a environ… une demi-heure ? dis-je en regardant ma montre.

Marc a l'air très remonté envers Cam. Et alors que je pense qu'il va exploser en lui hurlant dessus, il explose, mais de rire. Je suis complètement perdue avec ces deux-là. Il lui lance :

— Moi qui espérais qu'avec Louise dans ta vie, tu arriverais enfin à l'heure !

Et nous éclatons tous de rire. Le repas se passe à merveille, tout est naturel entre nous, les hommes parlent de course à pied (j'ai appris il y a peu de temps qu'ils avaient la même passion) et Océane me parle de ses amis et de musique. J'apprends d'ailleurs qu'elle est l'une des nombreuses fans de IDiavoli… Le groupe de Jonas et Jim… Je ne relève pas. Malheureusement pour moi, elle a déjà croisé Lily une fois, mais sans se douter que la tornade chantait… Jusqu'à ce soir…

— Est-ce que tu as vu leur concert ce soir ?

Le visage de Cam se tourne vers moi et sa main vient se poser sur ma cuisse pour me soutenir. Il sait malgré tout ce que je peux lui assurer qu'ils me manquent.

— Oui, je l'ai regardé.

— Alors Lily, ta copine chante ? Mais pourquoi tu ne me l'as pas dit ?

— Heu… Je ne sais pas, peut-être parce que je ne savais pas que tu aimais leur musique…

— Alors tu connais aussi le groupe ?

Je me retourne vers Camille qui me fait un signe de la tête.

— Disons que j'ai eu quelques relations avec eux par le passé…

— Sérieux ? Louise ! Tu pourrais m'emmener alors ?

— Qu… Quoi ?

Marc se retourne vers sa fille et lui lance :

— Océane, on en a déjà parlé… Tu iras passer le week-end chez ta copine et tu rentreras lundi soir à la maison après les cours.

— Mais… Papa !

— La discussion est close, jeune fille !

Océane baisse la tête vers son assiette et murmure des choses incompréhensibles. Je me retourne vers Marc, je ne comprends rien à leur discussion, mais il m'explique :

— Nous partons dans deux semaines avec Camille à l'île de la Réunion pour un raid.

Je relève la tête vers Camille qui me regarde avec son sourire de gosse. Marc reprend :

— Nous partons le jeudi et rentrons dans la nuit du dimanche et il est prévu qu'Océane aille dormir chez une amie. Mais mademoiselle a décidé qu'elle irait au concert de ce groupe-là, car ils devaient se produire pas loin. Et pour moi, c'est non !

— Pff… lui lance Océane. De toute façon avec toi je ne peux rien faire ! Je vais avoir 17 ans, merde ! Et il y a longtemps que mes amies sortent le soir, elles.

Il se retourne vers elle et lui lance un regard qui en dit long. Apparemment, ils ont déjà eu cette discussion de nombreuses fois. Mais elle rajoute :

— Et en plus, c'est chez une amie à toi que je vais passer le week-end, et pour info, sa fille et moi, on ne peut pas se blairer !

— Océane… lui dit Cam pour la calmer, tu sais que ton père ne peut pas faire autrement, sinon il t'aurait déjà proposé autre chose…

Je me racle la gorge lorsque je réalise quelque chose et me tourne alors vers Camille :

— C'est dans combien de temps votre course ?

— Deux semaines, pourquoi ?

— Et tu comptais me le dire quand ?

Il regarde Marc puis me sourit avec son air de gamin triste.

— Oh, avant de partir, sois-en sûre !

— Mouais, le jour même ou la veille ?

Il éclate de rire. Je sais que si Marc ne m'en avait pas parlé ce soir, jamais il ne me l'aurait dit, enfin si… au dernier moment. Je regarde Marc et Océane qui sont assis face à moi.

— Écoutez, pourquoi est-ce que tu ne viendrais pas chez moi ?

Océane relève la tête surprise, mais Marc me coupe :

— Louise, je ne veux pas, tu as ton boulot, ta vie et…

Je le coupe à mon tour :

— Écoute, ça ne me dérange pas et puis je travaille de chez moi, jeudi et vendredi Océane sera en cours et le soir, si tu es d'accord, je pourrais l'emmener au concert, je connais le groupe et tu connais Lily, et promis, nous rentrerons directement dès la fin du concert.

— Oh ! Papa ! Dis oui ! Dis oui ! Dis oui !

Quelques personnes autour de nous lèvent les yeux dans notre direction en entendant Océane. Marc se retourne vers elle, fait mine de réfléchir et lui lance très sérieusement :

— Il n'y a qu'une condition pour que j'accepte.

— Tout ce que tu voudras !

— Je veux que tu me donnes des nouvelles tous les jours et surtout…

Il la regarde avec un petit sourire en coin – je ne sais pas si elle va apprécier :

— Je veux que tu mettes sur tes comptes Twitter, Instagram et tous ceux que tu possèdes que ton père est le meilleur père au monde...

Nous éclatons tous de rire sauf Océane.

— Mais papa, c'est trop la honte sérieux...

— C'est ma condition si tu veux passer quelques jours avec Louise et surtout aller voir le concert...

Océane saisit son téléphone brusquement et commence à taper dessus sans s'arrêter pendant quelques minutes. Nous reprenons notre discussion jusqu'à ce que Cam prenne son téléphone et éclate de rire en regardant le contenu. Je regarde le téléphone qu'il me tend, puis Marc, et ne peux m'empêcher de rire à mon tour. Océane a posté une photo de lui lorsqu'il était plus jeune – et surtout alcoolisé –, déguisé en femme avec un verre à la main. Elle a mis une légende : « Mon père est l'homme le plus cool et le meilleur père de la planète ! » Lorsque Cam lui tend son téléphone, il éclate de rire et lance à sa fille :

— Mission accomplie. C'est bon pour moi.

Elle lui saute au cou dans un hurlement avant de l'embrasser sur la joue et de hurler :

— Trop cooolllll !

Lorsque nous rentrons chez moi, nous nous posons dans la cuisine le temps que Camille m'explique la course à laquelle ils vont participer. La diagonale des fous. C'est un raid sur l'île de la Réunion. Il y a plus de 2000 concurrents qui traversent l'île sur environ 160 kilomètres et 9000 mètres de dénivelé. Un gros truc de malade. J'ai halluciné lorsqu'il m'a dit qu'en moyenne la course durait 22 heures et qu'elle se faisait de nuit... Je comprends mieux maintenant pourquoi il s'entraîne autant. Car Camille est bien un sportif accompli. Il court tous les matins avant de partir travailler, ainsi que la journée lorsqu'il a un peu de temps devant lui. Sans oublier un peu de musculation pour entretenir ses muscles que j'aime tant sentir sous mes doigts.

— Tu n'imagines pas à quel point Océane est heureuse grâce à toi...

— Cam, ça me fait plaisir, tu sais.

Je vois qu'il a envie de me dire quelque chose mais qu'il n'ose pas.

— Camille Armen, dis-moi le fond de ta pensée.

Il a l'air gêné puis se lance :

— Ça va être gérable pour toi ?

Je ne comprends pas ou il veut en venir. Océane est une ado qui se gère et elle sera au lycée la plupart du temps. Il continue lorsqu'il voit que je ne comprends pas sa question.

— De revoir les gars du groupe, Jonas...

— Oh...

Je pose la tasse de café que j'ai en main, m'approche de Cam et prends son visage en coupe afin que ses yeux emplis d'éclats dorés entrent en contact avec les miens.

— Écoute-moi bien. Je suis une femme heureuse, qui a un mec beau comme un dieu, charmant, doux, attentionné, musclé ; une bête de sexe qui me fait grimper aux rideaux dès qu'il pose ses mains sur moi. Alors oui, je vais gérer.

Je l'embrasse sans lui donner l'occasion de répliquer quoi que ce soit.

Chapitre 4
Jonas

La sonnerie stridente du réveil de mon téléphone me sort de mon sommeil alors qu'un corps chaud se colle au mien en grognant. Je passe les mains derrière ma nuque et ferme les yeux. Une main se glisse sur mon torse, sur mon ventre, dans mon boxer pour saisir mon sexe en érection. Après plusieurs va-et-vient, une langue chaude et des lèvres glissent sur lui. Bordel ! Que j'aime ces réveils ! La bouche continue son ascension sur mon corps jusqu'à mes lèvres. J'ouvre les yeux pour les plonger dans ceux hétérochromes d'Adela. Elle me chevauche, je l'accompagne en posant mes mains sur ses fesses, sur ses seins, je ne peux m'empêcher de la toucher, la caresser. Elle se donne entièrement à moi. Je prends place au-dessus d'elle et continue mes va-et-vient langoureux.

— Plus vite Jonas… Encore…

Je ne me fais pas prier et me lâche complètement jusqu'à ce que son orgasme la terrasse et que le mien survienne ensuite. Je lui fais un baiser appuyé sur les lèvres et me relève pour aller me doucher, mais elle me retient :

— Reste un peu…

— Je dois aller au studio Adela…

— Tu ne restes jamais avec moi…

Elle me relâche en soufflant alors que je file sous la douche. Je n'y arrive pas, je l'aime bien, mais je ne peux pas rester avec elle à la câliner comme elle me le demande. Cela fait quelque temps maintenant que je ne vois qu'elle.

Elle a su m'apporter un peu de stabilité dans ma vie qui est maintenant très remplie. Entre les journées au studio, les quelques concerts que nous faisons encore, je n'ai plus vraiment de temps pour moi. Les seuls moments que je m'accorde, c'est lorsque je m'enferme pour écrire et composer.

Adela est revenue vers moi lorsque j'en avais le plus besoin. Elle m'a laissé le temps, mais elle sait très bien au fond d'elle que je ne pourrai jamais lui donner ce qu'elle m'offre : de l'amour. Je lui offre mon affection, un peu de tendresse, je ne peux faire mieux pour l'instant. Elle espère toujours que je m'ouvre à elle, que je lui dévoile mes sentiments, mais comment lui expliquer sans la vexer que je suis avec elle juste pour ne pas sombrer ? Pour ne pas me retrouver seul et ruminer ma rage et ma tristesse d'avoir été un connard fini avec Louise ? Car malgré tous ces mois sans la voir, je sais qu'il reste quelque chose au fond de mon cœur. Une grande partie lui est acquise pour toujours.

Je rejoins Adela à la cuisine pour le petit-déjeuner. Elle me le prépare tous les matins, que nous soyons chez elle ou chez moi. C'est toujours le même rituel, nous petit-déjeunons ensemble et lorsque je pars, elle retourne se coucher. Elle a de plus en plus de succès, surtout depuis qu'elle a fait des salons de l'érotisme. Elle a été repérée et maintenant, en plus du cabaret, elle fait quelques extras dans des films ou dans des clips. Pour beaucoup d'hommes, elle est la femme parfaite. Il est vrai que physiquement elle n'a rien à envier à personne, mais elle est trop gentille, trop d'accord avec moi, trop train-train… La preuve encore ce matin…

— Tu vas au studio ?

Elle me demande en buvant son jus d'orange.

— Ouais, après on répète cet après-midi et ensuite on a le concert ce soir.

— Journée bien remplie !

— C'est sûr…

— Jonas, je ne sais pas si je pourrais me libérer ce soir, je dois voir un contact pour un nouveau boulot et…

Je la coupe :

— Ce n'est pas grave ! Ta carrière avant tout ma belle.

Elle s'approche pour me faire un baiser sur la bouche.

— Merci ! Je vais me recoucher…

Elle me fait un clin d'œil en partant, sans oublier de rouler les hanches pour m'aguicher. J'éclate de rire en voyant qu'elle se penche en avant pour ramasser je ne sais quoi et qu'elle tourne la tête vers moi pour me faire signe avec l'index de la suivre. Je regarde ma montre, mais je vais être à la bourre si je la suis. Je lui montre l'horloge et lui fais signe que non et elle entre dans la chambre en me tirant la langue et en claquant la porte. Adela n'est pas rancunière, heureusement.

Il n'y a pas si longtemps, je n'aurais même pas regardé ma montre et je l'aurais suivie sans hésitation, mais maintenant, je ne peux pas me permettre d'être en retard, c'est du sérieux, nous avons un contrat en béton et la fin de l'enregistrement est proche. Je prends mes affaires et file rejoindre les autres qui m'attendent déjà au studio.

Notre manager – un homme ventripotent, mais qui connaît très bien son boulot – nous explique qu'il va y avoir plusieurs journalistes spécialisés ce soir et que nous allons chanter plusieurs nouvelles chansons de notre futur album. Il faut qu'on assure, bien évidemment ! Après avoir vu plusieurs points sur notre journée et continué à bosser, nous nous retrouvons autour d'une table pour manger. Lily nous rejoint avec un immense sourire :

— Alors les gars ? C'est le grand soir, il paraît ?

Je me retourne vers Jim qui encore une fois n'a pas pu s'empêcher de tout lui raconter…

— La pipelette a encore frappé ? je lui demande.

— Heu… Oui ?

Je regarde Jim avant d'exploser :

— Putain ! Merde ! Est-ce qu'au moins une fois dans ta vie tu pourrais garder ta langue dans ta bouche, Jim ?

Il me regarde avec un sourire en coin et je sens la connerie qui va arriver :

— C'est-à-dire qu'avec Lily, c'est plutôt compliqué de garder la langue dans sa bouche…

Il me fait un clin d'œil et tout le monde éclate de rire. Bordel ! Je les adore. C'est grâce à eux que je n'ai pas sombré dans la dépression. Ils ont bien remarqué que malgré les apparences, ce n'était pas la grande forme, alors ils m'ont aidé à leur façon. Du jour au lendemain, on ne m'a parlé que boulot, boulot, boulot et je n'ai plus jamais entendu son prénom prononcé par qui que ce soit devant moi.

Je ne suis pas dupe, je sais très bien que Lily bosse toujours avec elle et qu'elle la voit pour sortir ou manger ensemble et qu'elle s'entend bien avec le mec de Louise. Je sais aussi que Jim passe du temps au téléphone avec elle et qu'ils se sont revus il y a quelque temps, mais je fais comme si je ne savais pas. Après tout, ce n'est pas parce que nous ne nous entendons plus que Jim et Lily devraient couper les ponts avec elle.

Ce qui me surprend, c'est qu'elle soit toujours avec son mec de l'autre soir. Cela fait plusieurs mois maintenant que je les ai vus dans cet hôtel, je pensais que c'était un mec de passage avec qui elle a passé la nuit pour oublier mes conneries, mais non, ils sont toujours en couple. Après tout, pourquoi serait-elle restée seule ? Louise est une belle femme qui mérite toute l'attention d'un homme.

Mais quelle connerie ! Il faut vraiment que j'arrête. J'essaie de convaincre qui là ? En fait, je suis mort de jalousie de la savoir dans les bras d'un autre et surtout de savoir que c'est toujours le même depuis plusieurs mois. De savoir qu'ils créent des liens, des souvenirs dans lesquels je ne suis pas. Je sais que j'ai Adela dans ma vie maintenant depuis presque aussi longtemps que Louise a son mec, mais ce n'est pas la même chose, Adela sait à quoi s'en tenir avec moi, elle est patiente, douce et gentille alors que j'ai besoin d'une personne avec du répondant, j'ai besoin de coups de gueule, de conflits pour mieux me réconcilier sur l'oreiller, j'ai besoin d'intensité, d'imprévus… J'ai besoin de Louise, de son odeur, de sa voix, de sa peau sous mes doigts, de ses mains qui me touchent, de son corps sous le mien…

Tout le monde se lève. Je surprends Lily et Jim qui parlent dans un coin et relèvent la tête vers moi alors que je les observe. Je ne sais pas ce qu'ils mijotent, mais je fonce sur eux :

— C'est quoi votre problème ?

Ils se regardent pour se tourner vers moi ensuite.

— Venez avec moi !

Je me retourne pour qu'ils me suivent à l'extérieur du restaurant, après tout, les autres n'ont pas besoin d'entendre mon coup de gueule. Je me retourne vers eux lorsque nous arrivons dans une ruelle à côté.

— Alors maintenant, tous les deux vous, allez arrêter avec vos messes basses ! Et vous me dites tout

MAINTENANT. Ou je fais un pétage de plomb en bonne et due forme !

Ils se regardent comme deux gosses pris en flag par leurs parents après avoir fait une connerie.

— J'attends ! Ma patience a des limites !

Lily se lance :

— Écoute Jonas, on ne savait pas trop comment…

— Mais arrête de tourner autour du pot, merde !

Jim me lâche :

— Louise vient demain soir au concert et elle m'a demandé si elle pouvait passer par les loges pour nous voir.

Je suis sans voix. Je sens leurs regards sur moi, je ne dois pas montrer les émotions qui me traversent à cet instant précis. Après je ne sais combien de mois sans nouvelle, je vais enfin la revoir. Mon cœur bat à tout rompre, mais je reste impassible :

— Et alors ? En quoi ça me concerne ?

— Ça ne te dérange pas ? me demande Lily surprise.

— En quoi ça devrait me déranger ? Elle n'existe plus à mes yeux. Qu'elle vienne, je n'en ai plus rien à foutre de sa gueule…

— Putain ! Et dire qu'on bataille depuis quelques jours pour savoir comment te l'annoncer ! me dit Jim en me tapant sur l'épaule.

— Jonas…

Je relève les yeux vers Lily.

— Es-tu sûr ? Je veux dire, elle ne va pas être seule… Elle vient avec…

Je la coupe avant qu'elle ne termine sa phrase, je ne veux pas m'embarquer dans une discussion au long cours.

— Stop. J'm'en fous. Je rentre. À plus.

Je tourne les talons et les laisse sur place. Je suis sûr qu'elle va venir avec son mec. Putain ! Je ne sais même pas comment il s'appelle. Mais ce que je sais, c'est que je vais tout faire pour éviter de les croiser ensemble, je ne pense pas que je supporterais leur vue. Car savoir qu'elle est avec un autre homme, c'est gérable. Mais les avoir sous les yeux à se toucher, s'embrasser, se sourire, se regarder… Impossible. Mais quelle merde !

Chapitre 5
Louise

Camille me dépose sur le lit. Je me colle à lui, nos jambes et nos corps enlacés, nous reprenons notre souffle après nos ébats matinaux. Il n'y a pas à dire, il tient la forme pour son raid de ce week-end ! Je me love dans ses bras en fermant les yeux.

— Louise…

— Hum ?

Il se retourne vers moi en posant sa tête sur sa main. Ses yeux s'ancrent aux miens.

— Est-ce que tu es heureuse avec moi ?

Je me mets dans la même position que lui pour lui faire face et fronce les sourcils.

— Bien sûr, très ! Pourquoi cette question ?

— Pour rien, ma princesse, pour rien…

Et il se rallonge. Je ne comprends pas, c'est quoi cette question ? Il part cet après-midi et il me demande si je suis heureuse avec lui ? Il s'inquiète parce qu'il part trois jours loin de moi ? J'attrape son visage qui regarde vers le plafond et l'incite à tourner la tête vers moi.

— Camille… Dis-moi à quoi tu penses.

— À rien d'important ma belle, oublie ce que je viens de te demander.

Et il contemple à nouveau le plafond. Ça ne lui ressemble pas, je vois que quelque chose le préoccupe, mais je n'arrive pas à savoir quoi. Je passe mes jambes de chaque côté de sa taille pour le regarder en face.

— Camille, arrête de faire le gosse et dis-moi tout !

Il ne me regarde pas dans les yeux, mais me dit après un long moment durant lequel il paraît chercher ses mots :

— Je me demandais comment tu allais réagir lorsque tu irais au concert avec Océane…

— QUOI ?

— C'est juste que…

Je lui prends le visage entre mes mains et le rapproche du mien.

— Je vais réagir aussi normalement que possible. Je vais accompagner Océane à ce concert, nous allons le regarder depuis la salle, et lorsque le concert sera terminé, Lily accompagnera Océane dans les loges pour rencontrer le groupe pendant que je siroterai ma bière tranquillement dans la salle en les attendant.

Il me sourit puis rajoute :

— Tu sais que tu parles en dormant ?

Et merde… Avant je faisais des cauchemars, je hurlais, je criais – Jonas en a fait les frais d'ailleurs – et maintenant je parle… Mais qu'est-ce que je peux bien dire ?

— Oh… Et ?

— C'est assez comique en fait… Tu ne dis rien de compréhensible, mais certaines expressions ou certains noms reviennent souvent…

— Camille, tu me fais peur, tu sais que je ne contrôle pas forcément…

— Je serais curieux de connaître ce Monsieur Connard… Loukas et Jack reviennent souvent aussi…

Je souffle et m'affale à côté de lui. Il me met sur le ventre, monte sur mes fesses et se penche vers la table de chevet ; je peux sentir l'odeur de l'huile de massage qui se diffuse dans la chambre. Il pose ses mains chaudes sur mon corps qui se couvre de frissons à son toucher.

— Tu dis souvent mon prénom aussi…

Je souris contre mon oreiller. Même si j'ai et j'aurai toujours malgré moi un lourd passé avec Jonas, Camille est mon avenir, je le sais. Nous nous entendons bien – plus que bien. Il est vrai qu'il n'y a jamais un mot plus haut que l'autre, que jamais nous ne nous emportons comme nous le faisions avec Jonas, ce qui est plutôt reposant. Il est attentionné avec moi. Et j'adore lorsque nous faisons l'amour. Il peut être tendre et doux aussi bien que brute et passionné. Ange et démon. Alors qu'avec Jonas, je n'avais que le démon. Mais pourquoi je pense à lui ? Est-ce que c'est le moment de faire une comparaison des deux alors que Camille est sur mon dos à me masser comme il sait si bien le faire.

— Je n'ai jamais été aussi heureuse avec un homme qu'avec toi, Camille…

Ses mains s'arrêtent un instant puis me massent à nouveau. Je suis une femme comblée. Il descend sur mes fesses nues, me caresse, puis continue sur mes jambes. Sa langue remonte lentement le long de mon corps, je sens son souffle chaud sur ma peau, je soupire. Je sens son sexe sur mes fesses tandis qu'il me recouvre de son corps et me murmure à l'oreille :

— Je suis un homme comblé et heureux Louise, j'aimerais que ces moments durent toujours, ma princesse…

Puis il me soulève les fesses pour s'introduire lentement en moi, son corps recouvrant toujours le mien. Je ferme les yeux. Il me dit ce qu'il ressent pour moi, ce qui est une première. Je sens son corps onduler sur le mien, son torse qui se frotte à mon dos, ses mains sur mon corps. Il est doux, il me fait l'amour et me dit des mots tendres à l'oreille.

Je n'ai jamais connu cette sensation, de faire l'amour tendrement, en se disant des mots doux, en se caressant. Avec Camille, je suis dans un cocon dont je ne veux pas sortir.

Il est toujours en moi, recouvrant mon corps, attendant que nos deux cœurs ralentissent leur course après notre orgasme, puis il se décale. Et je l'entends rire à côté de moi. Je tourne ma tête vers lui et je souris en le voyant.

— Qu'y a-t-il de si marrant ?

Il tourne son visage vers le mien et pose la paume de sa main sur ma joue.

— Princesse, ça va se compliquer encore plus entre nous, tu sais ?

— Comment ça ?

— Tu te rends compte que je viens de déroger à tous mes principes ?

Je fronce les sourcils, il me sourit et approche sa bouche de la mienne. Il m'embrasse tendrement.

— Nous venons de faire l'amour dans un lit... Et ça, ça ne m'était pas arrivé depuis... Je ne sais même plus !

J'allais lui dire quelque chose, mais il m'embrasse à nouveau pour me faire taire.

— J'ai adoré te faire l'amour dans ce lit, et je veux bien recommencer autant de fois que tu me le demanderas princesse. Toutes les heures, tous les jours, toutes les semaines...

Je ris :

— J'ai compris le principe ! Mais j'aime bien quand tu es brute et sauvage aussi !

Il se place d'un bond au-dessus de moi et place mes mains au-dessus de ma tête. Je ris aux éclats.

— Tout ce que tu voudras, princesse. Je suis ton homme.

Et il fond sur moi en m'embrassant sauvagement. Il est mon homme.

Je sursaute lorsque mon téléphone m'annonce un message, et Camille en profite pour filer à la salle de bain.

Nous serons là dans 30 minutes... Juste au cas où mon cher oncle aurait oublié de te le dire. À tout de suite ! Océane

J'adore cette gamine ! En effet, Camille a oublié de me dire à quelle heure Marc et elle devaient arriver, et étant donné l'heure, j'en déduis que nous allons manger ensemble...

Je le rejoins dans la salle de bain pour me doucher. Lorsque j'en sors, Camille se rase. Je pose mon épaule sur le chambranle de la porte et l'observe. Il est obligé de se pencher pour se regarder dans le miroir tant il est grand. Son corps est enveloppé dans une serviette posée sur ses hanches. J'observe sa mine concentrée. Mon homme. Ce corps magnifiquement musclé m'appartient. Ses yeux croisent les miens, il me sourit et continue. Je ne peux m'empêcher de le détailler, son corps de sportif est à tomber ; chacun de ses muscles roule sous sa peau au moindre de ses gestes. Lorsqu'il se rince le visage, je me colle à lui et passe mes mains sur son ventre plat. J'ai envie de le garder contre moi, de le serrer dans mes bras pour toujours. Ses mains se posent sur les miennes et il se retourne pour me serrer un peu plus. Je savoure ce moment, et tandis qu'il passe ses mains sous mes fesses, je m'accroche à lui comme un koala à sa branche, mon visage dans son cou. Je m'enivre de son odeur, je m'en imprègne. Mes mains passent dans ses cheveux, mon visage face au sien, je lui murmure :

— Je suis une femme comblée et heureuse grâce à toi, Monsieur Armen, et j'aimerais que ce moment ne s'arrête jamais.

Nous nous embrassons tendrement, lentement. Ses yeux s'ancrent dans les miens :

— Je suis un homme comblé et heureux grâce à toi princesse, et je te promets que ça ne s'arrêtera jamais.

Quelqu'un sonne à la porte. Je descends de ma branche en lui faisant un baiser sur la bouche, m'habille en vitesse et vais ouvrir à Océane et Marc pendant que Camille s'habille tranquillement. Nous nous installons au salon avec un apéritif. Océane pose ses affaires dans ma chambre et je lui explique que je changerais les draps avant ce soir ; j'ai décidé de prendre celle de Loukas.

Nous discutons de leur départ imminent, du déroulement du raid. Je comprends mieux maintenant toutes les heures que Camille passait loin de moi à s'entraîner. Surtout le matin avant d'aller travailler. Il va devoir courir environ 160 kilomètres et le départ est de nuit – *c'est énorme !* Ils m'expliquent qu'avec le numéro de leur dossard, je vais pouvoir les suivre en direct sur mon pc ou mon téléphone. Je saurai où ils en sont en temps réel. C'est surtout Océane qui est intéressée par toute cette technologie.

Nous décidons d'aller manger quelque part pour notre dernier repas ensemble avant leur départ. Nous allons dans une brasserie, celle où j'ai rencontré Jim et Jonas pour la première fois. J'ai l'impression que c'était il y a une éternité alors que c'était il y a quelques mois à peine…

Nous nous asseyons et commandons tout en continuant de discuter de tout et de rien. Camille a une main posée sur ma cuisse, qui est posée sur sa jambe. C'est très naturel entre nous ; nous sommes ensemble et nous foutons du regard des autres. Nous mangeons, discutons, rigolons, surtout lorsque Marc m'explique comment m'occuper de sa fille de 17 ans.

— Mais, dis-moi, Marc, je lui demande après l'avoir écouté attentivement.

— Quoi ? Il y a un détail que tu veux approfondir ?

Je regarde Camille et Océane puis dirige mon regard sur Marc et lui demande très sérieusement :

— Je me demandais : tu veux que je note sur un cahier ce qu'elle mange tous les jours avec le poids des aliments ? Oh ! Et est-ce que tu veux que je vérifie le nombre de fois où elle va à la selle et la couleur aussi ?

— Putain, Louise ! T'es dégueulasse ! On mange ! Merde ! s'écrie Marc.

Océane me tape dans la main et s'écrie :

— Merde ! C'est exactement ça ! Je t'adore tantine ! T'as réussi à lui clouer le bec !

Nous éclatons tous de rire jusqu'à ce qu'Océane se fige et arrête de rire. Marc le remarque aussitôt. Elle fixe un point derrière moi et devient soudainement muette.

— Océane ? Chérie ? Tu as un souci ?

Il a posé une main sur son épaule et la secoue un peu. Voyant qu'elle ne réagit pas, il se tourne vers Camille.

— Mais putain ! Fais quelque chose ! On dirait qu'elle est en état de choc, bordel ! Tu es médecin, non ?

Camille lève un sourcil vers lui.

— Je suis kiné Marc, pas médecin.

Il regarde derrière moi et j'en fais de même pour voir ce qui a pu la mettre dans cet état.

Je m'arrête de respirer lorsque mes yeux sont happés par deux prunelles gris acier. Le temps se fige. Il n'y a plus que ces yeux gris qui me fixent intensément. Impossible de m'en détacher, c'est un besoin, je n'ai pas eu ma dose depuis longtemps. Trop longtemps. Mon cœur bat frénétiquement, je n'arrive pas à calmer ses battements erratiques. À part lui, je ne sens plus mon corps. Je crois que je ne respire plus. Je me noie dans ce regard si sombre, si sûr de lui, si beau. Combien de fois ai-je plongé dans ce gris ? Combien de fois son regard intense m'a-t-il déstabilisé comme maintenant ? Combien de fois ai-je pu y lire toute l'affection et l'envie à mon égard ? Comme maintenant, comme à cet instant précis où le monde s'est arrêté de tourner, d'exister, afin de nous laisser nous reconnecter comme il y a quelques mois. Une éternité. L'avoir si près de moi fait remonter des sensations, des sentiments que je ne devrais plus ressentir pour lui.

Une fois encore, Jonas me déstabilise.

— Louise… c'est bien qui je crois que c'est ?

La voix d'Océane me sort de ma contemplation.

— Oui, ce sont bien eux, enfin, une partie d'entre eux.

— Oh putain ! Je n'y crois pas ! Tu crois que ?

Il faut que je prenne sur moi pour lui faire plaisir. Après tout, elle doit les rencontrer ce soir, alors pourquoi ne pas avancer l'échéance ? Et puis, elle ne comprendrait pas pourquoi je lui dirais non alors qu'ils sont à deux tables de nous.

— Est-ce que quelqu'un peut m'expliquer ? demande Marc.

Cam lui explique :

— Ce sont des connaissances de Louise, qui font aussi partie du groupe qu'elles vont voir ce soir et dont ta fille est super fan...

— Oh... il me regarde.

Cam me fait un signe de la tête avec un grand sourire. Je fais un clin d'œil à Océane comme si de rien n'était et me lève en soufflant. Cam me fait une bise sur la main. Il sait dans les grandes lignes ce que j'ai vécu avec Jonas et il comprend très bien que ce que je vais faire est pour sa nièce, et rien que pour elle.

Je me dirige vers leur table sous le regard de Jonas qui ne me quitte pas des yeux. Mon cœur qui avait retrouvé des battements à peu près normaux reprend sa course folle. Je sens les regards d'Océane, Marc et Camille dans mon dos. Je ne dois pas flancher, ne pas leur montrer à quel point me retrouver face à lui m'affecte. Après tout, nous nous sommes quittés sur une engueulade, comme à notre habitude. Je force mes jambes à avancer vers lui, même si elles tremblent et qu'elles ont du mal à me porter. Je ne vois plus les gens attablés autour de nous dans cette brasserie. Juste ses yeux gris, ses cheveux bruns en bataille et son sourire qui naît sur son visage à mesure que je m'avance vers lui.

Chapitre 6
Jonas

Je n'arrive pas à détacher mes yeux des siens. Lorsque ses yeux se sont ancrés dans les miens, mon cœur s'est arrêté de battre avant de reprendre, très, trop vite depuis qu'elle se rapproche de nous. Elle avance vers moi lentement, j'ai l'impression qu'elle a peur, qu'elle n'ose pas. J'esquisse un sourire pour l'encourager à venir un peu plus vite. Je n'ai qu'une envie : sentir son odeur de jasmin, son corps chaud contre le mien, ses lèvres sur ma bouche. Je suis en manque, en apnée depuis quelques mois. Lorsque nous sommes entrés dans la brasserie, mon regard s'est immédiatement porté sur elle. Même de dos, je l'avais reconnue. Son rire a attiré mon attention, et j'ai fait en sorte de m'asseoir afin de la voir, observer le moindre de ses gestes, de ses sourires. Mais ça fait mal, putain ! Mal de la voir heureuse, mal de la voir avec un autre que moi. Les observer qui se touchaient, se caressaient, se lançaient des regards enamourés. C'est dur. Le plus dur, c'est de voir à quel point cela paraît si naturel entre eux, une complicité qu'ils ont construite pendant tous ces mois.

— Hey Jonas ! Je peux savoir qui tu mates comme ça ? me demande Jim en passant sa main devant mes yeux.

Je n'arrive pas à me détacher de son corps qui avance vers moi. Jim suit mon regard et me surprend en se levant pour s'avancer vers elle.

— Louise ! Toujours aussi band…

Je lui donne une tape sur le bras pour qu'il ne termine pas sa phrase, il me regarde et se rend compte qu'on est en plein milieu d'une brasserie et que l'on était censé passer inaperçu. On commence à être connu, on se déplace de moins en moins souvent dans des lieux où il y a énormément de monde, mais nous venons ici depuis pas mal d'années donc on sait que nous ne serons pas dérangés.

Jim la serre dans ses bras, j'ai l'impression qu'il va l'étouffer. Elle me regarde avec un petit sourire en coin, et je fonds. Ils s'écartent l'un de l'autre et je me lève à mon tour sans la quitter des yeux. Le temps s'arrête, suspendu. Il nous est impossible de détacher les yeux l'un de l'autre. Je n'ai qu'une envie, la serrer dans mes bras, sentir son odeur de jasmin. Je ferme les yeux lorsqu'enfin son corps se blottit contre le mien. Je suis enfin entier. De l'extérieur, nous devons ressembler à deux amis qui se disent bonjour en se prenant dans les bras. Mais il s'agit de beaucoup plus que ça. Dans notre bulle, nous nous lovons l'un contre l'autre, son visage dans mon cou, son parfum qui s'insinue en moi, ses doux cheveux qui se perdent sur mon menton. Je suis bien. Nous sommes bien. Je sens ses mains posées dans mon dos qui me caressent. Je la serre aussi fort que je peux, j'aimerais que ce moment dure une éternité. Rattraper tous ces mois sans l'entendre, sans la sentir, sans la voir, sans la toucher. Je profite à fond de ce moment jusqu'à ce que je croise les yeux – de la même couleur que les siens – de son mec qui nous observe. Il est grand, plus que moi et je n'avais pas remarqué sa carrure la dernière fois, car j'avais juste envie de le démonter, mais il est très musclé, pas bodybuildé, mais sportif, je peux le voir à travers son tee-shirt moulant. Il n'a pas l'air anxieux ou énervé que nous soyons si proches. Cela se confirme lorsqu'il nous tourne le dos pour continuer la conversation avec l'homme face à lui. J'ai l'impression qu'il sait pour nous, mais qu'il ne s'inquiète pas plus que ça. Je la repousse :

— Louise…

— Jonas…

— Je suis trop heureux de te revoir, ma belle ! Tu nous as tellement manqué ! Assieds-toi ! Qu'est-ce que tu fais là ? Tu as mangé ? Tu viens nous voir ce soir ?

Elle éclate de rire sous les questions incessantes de Jim.

— Putain Jim, laisse-la respirer !

— Oh merde ! Qu'est-ce que je peux faire pour toi ?

— Me laisser parler peut-être ?

Et nous éclatons de rire en voyant la mine déconfite de Jim.

— En fait, oui, je viens ce soir, et accompagnée. Elle se retourne vers la table d'où elle vient, et la charmante jeune femme que vous voyez là-bas et qui n'a d'yeux que pour vous sera ma cavalière. Elle est fan, vraiment, et c'est elle qui doit vous rencontrer dans les loges, alors comme elle n'arrive plus à manger depuis qu'elle vous a vus… Je me suis…

— Pas de soucis, ma belle ! la coupe Jim avec un immense sourire. Dis-lui de venir !

— Sérieux ?

Elle se tourne vers moi et je tourne les yeux vers la gamine qui nous fixe depuis quelques minutes déjà. Une adolescente aux longs cheveux bruns, qui a les yeux qui brillent et qui se tord les doigts d'impatience. Je lui fais un signe avec mon index pour qu'elle nous rejoigne. Elle ouvre grand les yeux et regarde Louise qui lui fait un signe de la tête. Je suis un peu décontenancé lorsqu'elle se lève, qu'elle attrape une canne à côté de sa chaise et qu'elle vient vers nous en boitant, mais cela s'efface vite lorsque je vois son sourire sur son visage. Elle rougit lorsqu'elle s'avance vers moi sans me quitter des yeux, je me lève et la serre dans mes bras une seconde, elle tremble.

— Oh putain ! J'y crois pas ! Tu viens vraiment de me serrer dans tes bras, là ?

J'éclate de rire face à sa répartie. Je pensais me retrouver devant une jeune fille timide et réservée comme c'est souvent le cas, alors que c'est tout l'inverse.

— Je m'appelle Océane et je suis super fan ! Mais depuis toujours, hein ! Depuis le début, pas que depuis maintenant que vous êtes revenus. Oh ! Et mes condoléances pour Jack. Je l'aimais beaucoup, tu sais.

Je m'assois, je suis sur le cul. Je croise le regard de Louise, qui grimace un peu, puis elle engage la conversation avec Jim pendant que je ne peux m'empêcher de regarder Louise. Un mot me fait relever les yeux vers Océane.

— En fait, tantine est super cool de m'accompagner à votre concert, ce sera le plus beau jour de ma vie, vous savez ?

Je me retourne vers Louise :

— Tantine ?

— Ouais ! répond Océane à sa place. Elle est avec mon oncle, du coup, c'est ma tantine !

— OK, donc ton père et ton oncle sont frères ?

— Non ! Beaux-frères. Maman est morte il y a très longtemps… Il y a prescription maintenant, mais tu verras, ils restent toujours là, en nous.

Elle me montre son cœur. Alors il a perdu une sœur. Cette gamine m'impressionne par sa maturité et le débit de parole qu'elle peut tenir. Louise et Jim sourient en me voyant discuter avec elle et je me rends compte que je souris aussi. C'est un vrai rayon de soleil, et j'arrive à mettre de côté pendant quelques minutes les sentiments que j'éprouve face à Louise. Mais elle parle autant que Jim, voire plus. Son double au féminin ! J'ai envie de lui dire de fermer sa bouche, mais gentiment, ce n'est qu'une gamine, je n'ai pas envie de la traumatiser, Louise en a assez après moi.

— Dis-moi, Océane, est-ce que ça te dirait de voir le concert de près… De très près ?

Elle fronce les sourcils et je vois le sourire de Jim et Louise qui, eux, ont déjà tout compris. Elle hoche la tête sans parler. Mission accomplie. Elle ne sait plus quoi dire.

— Est-ce que tu voudrais nous accompagner dans les loges et assister au concert depuis les coulisses ?

— Bordel ! Tu es sérieux ? elle crie.

Tous les regards se tournent vers nous, y compris celui de son père et du mec de Louise – je ne sais toujours pas son prénom.

— On ne peut plus sérieux, Océane. Jim ?

Je me retourne vers lui.

— Très sérieux ! Ce soir, tu seras notre VIP ! Bien sûr, tu devras être accompagnée…

Elle se tourne vers Louise qui fait un peu la gueule.

— Lily sera là non ? Elle pourrait…

— Mais non Louise ! Je veux partager ce moment avec toi ! Allez… Dis oui… Steuuuplllaaaiiittt !

— Si les gars sont d'accord…

— Sans problème pour nous, je lui lance d'un air que j'espère détaché.

Elle se lève et Océane en fait de même.

— On doit y aller si on ne veut pas être en retard, ma belle.

— Oh oui ! Ce serait con qu'ils ratent leur avion et qu'ils viennent foutre en l'air notre soirée filles, hein ?

Louise éclate de rire et, après nous avoir dit à ce soir, se dirige avec Océane vers les deux hommes qui les attendent debout à côté de la table prêts à partir. Alors qu'Océane se dirige vers le plus âgé en parlant et en gigotant dans tous les sens, Louise se dirige vers le grand brun que j'ai croisé la dernière fois. Il passe son bras autour de ses épaules et elle autour de sa taille ; on dirait qu'ils ont fait ce geste des milliers de fois. Elle pose sa tête sur son torse et il lui embrasse le front. Au moment de partir, le brun se retourne vers moi, me fixe et je lis sur ses lèvres un « merci » avant de se retourner vers Louise et de sortir.

Pourquoi ce merci ? Pour Louise ? Pour sa nièce ? Nous finissons notre repas tranquillement jusqu'à ce que Jim foute les pieds dans le plat.

— Ça va ?

Je lève les yeux de mon fondant au chocolat.

— Pourquoi ça n'irait pas ?

— Jonas… On vient de croiser Louise après plusieurs mois sans avoir de ses nouvelles, et qui plus est, avec son mec ! Alors oui, je te demande comment tu vas…

— Ça va. Elle a refait sa vie, j'ai refait la mienne avec Adela. Tout va pour le mieux dans le meilleur des mondes, non ?

Je replonge dans mon dessert pour ne pas qu'il voie qu'en fait, ça ne va pas du tout. Comment lui dire que je n'ai eu qu'une envie lorsque je l'avais dans mes bras, c'était de l'embrasser, de la posséder à nouveau ? Mais je prends sur moi. Après tout, même si ça me fait mal de me le dire, cet homme qui l'accompagne est un mec bien. Il aurait pu l'accompagner à notre table, ne pas la laisser seule avec nous, et pourtant, il a gardé le dos tourné, il n'a pas cherché à l'espionner ou à analyser notre comportement. Alors soit il se fout complètement d'elle, soit il est très sûr de lui et de leur relation. Je sens toujours le regard de Jim sur moi.

— Arrête de me regarder, Jim !

Je me lève et sors pour fumer une clope pendant qu'il paie l'addition. Lorsqu'il me rejoint, nous rejoignons Lily chez elle. J'ai quelques questions à lui poser sur Louise et sa relation avec son mec. Même si je ne voulais pas en entendre parler il y a quelques jours, le fait de la revoir m'a donné envie d'en connaître un peu plus sur sa nouvelle vie.

Chapitre 7
Louise

Après avoir récupéré les sacs de Marc et Camille chez moi, nous sommes à présent devant la salle d'embarquement de l'aéroport. Camille me serre dans ses bras, je n'ai pas envie qu'il parte, car je me suis habituée à lui. Trois jours sans sa présence, cela va être une première. En fond, j'entends Marc qui donne ses directives à Océane :

— Bon alors, tu écoutes Louise, tu vas en cours, tu ne fais pas de bêtises et surtout, surtout, tu prends tes médocs et tu fais tes séances tous les matins.

Cam et moi les regardons et éclatons de rire lorsqu'Océane se met au garde-à-vous devant lui et qu'elle lui crie : « Chef ! Oui, Chef ! ». Des personnes se retournent vers eux et ont le sourire en voyant cette ado de 17 ans au garde-à-vous devant son père qui est complètement décontenancé par sa descendance. Je m'approche d'eux en tenant la main de Camille pour rassurer Marc.

— Ne t'inquiète pas, Marc, pars tranquille, on va se gérer toutes les deux.

Je conclus ma promesse en prenant Océane par les épaules pour la serrer contre moi. Elle lui fait un sourire forcé et nous éclatons tous de rire. Cam me serre dans ses bras et m'embrasse une dernière fois.

— Princesse, tu vas me manquer, tu sais.

— Toi aussi, Cam, tu vas me manquer…

Il m'enveloppe de ses bras, et mon visage se pose machinalement sur son torse. Nous restons ainsi quelques instants. J'en profite pour humer son odeur, pour m'imprégner une dernière fois de son corps, de sa tendresse, de sa bouche que j'embrasse encore une fois avant de nous séparer pour quelques jours. Camille me regarde avec son petit air malicieux qui ne le quitte presque jamais.

— J'aimerais déjà être de retour…

Nous nous enlaçons une dernière fois avant qu'il n'aille rejoindre Marc, et moi Océane. Nous les regardons partir en nous tenant par les épaules. Lorsqu'ils ne sont plus en vue, nous rentrons à l'appartement.

Cette fille est un vrai moulin à paroles, elle ne fait que me parler de sa rencontre avec Jim et Jonas de ce midi, qu'elle les trouve super sexy, même si Jonas lui fait un peu peur, mais qu'elle trouve Jim super beau et sympa. J'ai calmé ses ardeurs en lui expliquant qu'elle n'avait que 17 ans et que Jim avait au minimum dix ans de plus qu'elle, mais elle m'a répondu que ça ne l'empêcherait pas de fantasmer sur lui quand même ! Je n'ai pas su quoi lui répondre.

Arrivées chez moi, je m'attelle à changer les draps de mon lit avant qu'Océane s'installe et je suis surprise d'y trouver une enveloppe qui m'est destinée. Je m'empresse de l'ouvrir en m'asseyant sur mon lit à moitié défait.

Ma princesse,
Tu sais que je suis plus un homme d'action que de belles paroles, mais ce soir, alors que je t'observe dormir, je sais que je suis le plus heureux des hommes. Depuis notre premier regard, j'ai su que c'était toi. Tu m'es rentrée dedans, tes yeux miel ont croisé les miens et je n'ai pensé qu'au moment où je les recroiserais un jour.

Je te regarde allongée près de moi et mon cœur se serre de devoir te quitter pour quelques jours, je me suis habitué à ta présence, à ton rire, à tes petits sourires en coin que j'aime tant. Je suis dans un cocon de bonheur depuis que tu fais partie de ma vie.

Alors je sais que je ne suis pas un homme parfait, je suis toujours en retard, j'oublie souvent de te dire des choses importantes et je sais aussi que mon travail et ma passion me prennent beaucoup de temps, mais je veux que tu saches que tu es désormais ma première passion, celle à laquelle je consacrerai le plus de temps à mon retour.

J'ai envie de passer le reste de mes jours avec toi, Louise, tu es ma drogue, mon adrénaline, je sais que dans cet avion qui me mène loin de toi, je ressens déjà le manque de ta peau sous mes doigts, de tes lèvres sur les miennes, de ton corps frissonnant contre le mien.

Alors, ma Louise, ma princesse, des paroles d'une chanson de Noir Désir me viennent en tête pour décrire ce que je ressens pour toi :

Je me love dans tes bras, et là je n'aimerais que toi, à la longue, Je t'aime et dans tes bras, toi si tu ne love que moi, on prolonge, Ton manège m'enchantait, tournoyait, Autour du sentiment de s'y noyer, Et la terre s'est mise à valser...

À très vite, ma princesse. Prends soin de toi pendant mon absence.

Camille.

Je reste immobile, la lettre entre les mains, à la lire et la relire. Je souris en repensant à notre première rencontre. Il était en retard, je n'ai pas voulu attendre et je lui suis rentrée dedans alors que je sortais de son bureau et que lui y entrait. Je souris à ce souvenir et à nos rendez-vous d'après. Il veut passer plus de temps avec moi et je sais que je suis déjà en manque de sa présence.

— Louise ?

Océane me sort de mes souvenirs. Je mets la lettre dans ma poche et continue de faire mon lit.

— Oui ! Tu peux venir, j'ai presque terminé.

Océane s'avance dans ma chambre et me regarde bizarrement.

— Qu'est-ce qu'il y a ? Un problème ?

— Je me demandais… Pourquoi je dors dans ta chambre alors que tu as une chambre d'ami ? Ce ne serait pas plus simple que je dorme dans l'autre chambre et que tu gardes la tienne ?

Je n'avais pas pensé qu'elle me poserait des questions. À part Jonas et Camille, personne d'autre ne sait pour la chambre de Loukas. J'hésite à en parler à Océane puis me ravise. Après tout, elle n'a pas besoin de savoir, elle a besoin de penser à autre chose qu'à la mort en ce moment.

— Ça fait longtemps qu'elle n'a pas servi et elle est beaucoup plus petite que la mienne et je me suis dit que ce serait plus pratique pour toi, je lui montre sa canne de la tête.

— Oh, c'est gentil, mais il ne fallait pas, tu sais ! Bon. On fait quoi en attendant le concert ?

Je regarde ma montre, il n'est que 17 heures. Je sais que les gars sont sûrement en train de répéter et qu'il est trop tôt pour s'y rendre. Puis me vient une idée. Je prends mon téléphone et appelle.

— Ouais ?

— Salut ma belle !

— Putain Louise !

— Je peux passer te voir avec Océane en attendant d'aller au concert ? Les gars l'ont invitée à le voir des coulisses et je ne la tiens plus ! Alors je me suis dit que rencontrer une grande et talentueuse chanteuse la ferait patienter un peu !

— Arrête tes conneries ! On sait bien toutes les deux que c'est Jonas le dieu de la scène ! Allez ! Je vous attends !

Je me retourne vers Océane :

— On part dès que tu es changée.

— Sérieux ? On va chez Lily ?

Je me rapproche d'elle :

— On ne peut plus sérieuse…

Elle me saute au cou, sa canne tombe par terre et moi aussi avec son poids. Nous éclatons de rire, étalées au sol.

Depuis que nous sommes arrivées, je n'existe plus. Je bois une bière en les regardant discuter et rire toutes les deux. Je suis heureuse de faire plaisir à Océane. Perdue dans mes pensées, je me rends compte que je ne lui ai jamais demandé ce qui lui était arrivé à sa jambe, mais je n'en ai pas l'intention, cela fait partie d'elle, c'est tout. De plus, Camille m'avait avertie qu'elle avait du mal à aborder le sujet. Je tourne la tête vers les filles lorsque je ne les entends plus. Elles ont le visage tourné vers moi.

— Quoi ?

— Je viens d'expliquer à Océane pourquoi tu nous connaissais si bien…

— Oh.

Je ne sais pas quoi répondre. J'espère qu'elle n'a pas étalé ma vie sexuelle à une ado de 17 ans…

— Et ?

— Je ne le crois pas ! Tu es sortie avec Jonas ! Le beau gosse Jonas !

Je marmonne :

— Et le connard Jonas aussi, oui !

Je reprends :

— Oui, mais c'était avant ton oncle.

— Non, mais attends ! Jonas quoi ! Ils n'ont rien à voir, sérieux !

— Justement...

Je lui crie en me levant pour aller sur la terrasse :

— Et ce ne sont pas tes affaires, il me semble !

J'entends Lily qui s'excuse lorsque je sors pour prendre l'air. Lorsque je regarde à l'intérieur, elles sont toutes les deux en train de regarder des vidéos sur le portable de Lily. Avant de partir et après m'être calmée, Lily propose à Océane de lui prêter une de ses nombreuses paires de bottes. Je ne suis pas d'accord, mais Océane m'assure qu'elle ne risque rien avec sa jambe.

C'est donc perché sur des talons de presque dix centimètres que celle-ci arrive à la salle de concert. Lily nous fait passer par les coulisses et nous rejoignons les gars dans les loges. Lily passe devant et entre sans frapper comme à son habitude et bien sûr, ils sont pour la plupart torse nu.

— Putain Lily !

Fred rougit toujours autant en voyant son regard sur lui. J'attrape Océane et la tire en arrière avant qu'elle n'entre.

— Allez, Louise ! Laisse-moi entrer ! J'ai déjà vu un homme à poil, tu sais !

Et elle entre sans que j'aie le temps de réagir. Mes yeux croisent ceux de Jonas puis descendent sur son torse tatoué ou des gouttes d'eau dévalent sur son diable et jusqu'à son jean qu'il boutonne. J'ai chaud tout à coup. Je relève les yeux vers lui tandis ses lèvres forment des mots silencieux :

— Tu aimes ?

Mon cœur n'arrive pas à ralentir sa course. Je me retourne en levant les yeux au ciel. Je ne peux pas rester dans cette pièce, je ne sais pas ce qu'il m'a pris, mais je dois aller prendre l'air. Maintenant.

— Je reviens ! Lily, tu fais attention à Océane ?

— T'inquiète, on gère !

Je sors et me dirige vers le bar pour commander une bière et file à l'extérieur. Je m'assois contre un mur et ferme les yeux. Mais qu'est-ce qu'il me prend ? Pourquoi est-ce que je réagis comme ça ? Je suis avec Camille, je suis heureuse, et il veut passer le reste de ses jours avec moi. Mais dès que j'aperçois le corps dénudé de Jonas, mon cœur a un raté !

Je reste un moment ainsi, à ne penser à rien. Tandis que je m'évade loin de cette salle de concert, loin de la foule, un corps chaud s'assoit près de moi et son bras touche le mien. Je n'ai pas besoin d'ouvrir les yeux pour savoir de qui il s'agit. Mon corps réagit immédiatement à son toucher. Des frissons parcourent ma peau, mon cœur s'accélère à son odeur. Nous restons silencieux un moment, à profiter de la présence de l'autre. Puis sa tête se pose sur mon épaule, je pose la mienne sur la sienne. Nous restons ainsi, sans qu'aucun d'entre nous ne parle, seules nos respirations se font entendre. La sonnerie de son portable nous sort de notre bulle. Il se contorsionne pour le prendre et souffle en le regardant. Je l'observe ; il paraît plus calme, plus reposé, malgré ses traits tirés à cause de la fatigue. Mes yeux se referment lorsque les lèvres de Jonas se posent sur ma tempe et que sa main se pose sur ma joue. Nous restons ainsi quelques instants. J'entends un grognement lorsqu'il les retire puis me souffle :

— Tu me manques tant, Louise…

Et il part. Je garde les yeux fermés pour retenir mes larmes. C'était si – je ne sais pas – intense. Il a réussi à me faire ressentir tous ces sentiments alors qu'aucun mot n'a été échangé. C'est à ça que se résume ma relation avec Jonas ; pas besoin de mots inutiles, nos corps et nos cœurs réagissent d'eux-mêmes lorsqu'ils sont en présence l'un de l'autre. J'envoie un message à Lily pour lui demander de gérer Océane dans les coulisses, car je préfère regarder le concert depuis la salle. Sa réponse me fait rire :

— Je gère la mini tornade, ma belle ! On se retrouve après au bar !

Mini tornade… C'est exactement Océane : une mini Lily. Je vais éviter d'en parler à Marc. Je m'installe au bar sur un tabouret qui traîne et commande une autre bière. Le public crie et hurle lorsqu'ils entrent en scène. Je n'ai jamais vraiment assisté à un de leur concert en entier, juste à des bribes de répétitions, alors je compte bien en profiter ce soir. Ils sont déchaînés, ils sautent, bougent dans tous les sens, ils dégagent une énergie incroyable et je comprends maintenant leur succès. Jonas attire tous les regards. Je regarde toutes ces femmes, toutes ces adolescentes scander son prénom. Je comprends malheureusement beaucoup mieux la facilité qu'il doit avoir à trouver une femme après ses concerts. Je me rends compte qu'il n'a pas à lever le petit doigt. Il a juste un choix à faire parmi tous les regards braqués sur lui, parmi toutes ces femmes qui rêvent de passer un moment seules avec lui. Je comprends mieux maintenant ce qu'il disait à Lily lorsqu'il trouvait que le bout de viande, c'était lui. À voir le regard qu'elles ont sur lui, je comprends que ce sont elles qui le harcèlent. Mais elles ne voient que le côté extérieur : son physique magnifique, sa voix intense. Elles ne le connaissent pas, elles ne voient qu'une infime partie de cet homme brisé à l'intérieur. Je sors de mes réflexions et me reconcentre sur la musique. Sa voix est magnifique comme toujours.

Au milieu du concert, il prend son micro :

— Je vais vous chanter la reprise d'une chanson qui signifie beaucoup pour moi et j'espère qu'elle saura toucher le cœur de certains d'entre vous.

Il prend une guitare folk et Jim se rapproche de lui. Son regard parcourt la foule jusqu'à ce qu'il s'arrime au mien. Il fait un signe de la tête et commence à chanter. Je reconnais tout de suite cette chanson des White Buffalo, *Oh Darling what have I done ?*

Oh darlin, darlin
Oh chérie, chérie,
What have I done ?
Qu'est-ce que j'ai fait ?
Well I've been away from you too long
Eh bien, j'ai été loin de toi trop longtemps,
And all my days have turned to darkness
Et toutes mes journées ont tourné à la noirceur,
And I believe my heart has turned to stone
Et je crois que mon cœur est devenu de pierre.

Oh darlin, darlin
Oh chérie, chérie,
What have I done ?
Qu'est-ce que j'ai fait ?
Now I don't say anything at all
Maintenant je ne dis plus rien du tout,
Well God don't listen to the noise

Eh bien Dieu n'écoute pas le bruit,
Now I'm left here all alone
Maintenant je suis parti ici tout seul.

Ooh, oh, I hear what the neighbors say
Oh, j'entends ce que se disent les voisins,
That that poor boy has lost his way
Que ce pauvre garçon s'est égaré en chemin,
And I let the others pray
Et je laisse les autres prier.

Oh darlin, darlin
Oh chérie, chérie,
What have I done?
Qu'est-ce que j'ai fait ?
Now I do my talking with a gun
Maintenant je parle avec un flingue,
And blood will spill into the gutters
Et le sang se renverse dans les caniveaux
And it will stain the morning sun
Et ça tachera le lever du soleil.

Ooh, oh tell me what the hell I've done
Oh, mais dis-moi ce que j'ai fait.
Can I stop at one?
Puis-je m'arrêter au premier ?
Or have I Just begun?
Ou ai-je juste commencé ?

Take out the bodies that live
Débarrasse les corps en vie,
Oh, Lord, it gets me high

Oh, seigneur, ça m'exalte,
I think I'm gonna get my fill
Je crois que je vais me shooter
Of taking lives
Au meurtre.

Oh, Lord, I don't wanna let my baby down
Oh, seigneur, je ne veux pas laisser tomber mon bébé,
Well I just wanna give us something one of a kind
Je veux juste nous offrir quelque chose de spécial.

Oh darlin, darlin
Oh chérie, chérie,
What have I done?
Qu'est-ce que j'ai fait ?
I've been a stray from you too long
Je me suis éloigné de toi trop longtemps,
And all my days have turned to darkness
Et toutes mes journées ont tourné à la noirceur
Hell is leaving the light on
L'enfer quitte la lumière.

Oh darlin, darlin
Oh chérie, chérie,
What have I done?
Qu'est-ce que j'ai fait ?

What have I done ?
Qu'est-ce que j'ai fait ?

Je renifle et essuie machinalement les larmes qui ont dévalé mes joues. Encore une fois, Jonas a chanté pour moi. Le public a l'impression qu'il regardait au loin pendant la chanson alors qu'en fait, ses yeux ne m'ont pas quittée un seul instant. Je sursaute lorsque les cris et les applaudissements fusent. Jonas se lève pour prendre une autre guitare. Je suis happée par un autre regard, celui de Jim. Il me sourit. Il a compris. Compris que malgré tous les mois écoulés, les sentiments de Jonas pour moi restent inchangés.

Chapitre 8
Jonas

Je l'observe, je vois ses yeux brillants et le geste qu'elle fait pour effacer ses larmes. Je l'ai touchée, c'est exactement ce que je voulais. Jim m'avait demandé pourquoi je voulais chanter cette chanson particulièrement, je pense qu'il a compris maintenant. Il a compris juste en nous observant Louise et moi qu'il y a, et qu'il y aura toujours, ce lien entre nous, même si je suis avec Adela et qu'elle est avec son Camille – merci Lily –, nous sommes liés à jamais. Je continue le concert, je me donne à fond, je saute, je crie, je suis heureux sur scène, vraiment. Et le fait que Louise soit là pour nous voir ne fait que décupler mon énergie.

Le concert touche à sa fin. Le public hurle et crie après notre dernier rappel. Je rejoins Lily qui se trouve dans les coulisses avec Océane. Cette dernière a les yeux brillants et semble heureuse. Un sourire immense illumine son visage. C'est un rayon de soleil cette fille ! Alors je me surprends moi-même à la prendre dans mes bras et à la faire voler dans les airs. Elle éclate de rire, me serre dans ses bras lorsque je la repose au sol et me chuchote à l'oreille :

— Merci ! Je vis le plus beau jour de ma vie grâce à toi !

Je lui fais un clin d'œil et une bise sur la joue avant de me diriger vers la loge. Je me retourne lorsque je l'entends rire aux éclats et je vois que les gars, chacun à leur tour, la prennent dans leurs bras et la font voler dans les airs. Je souris en entrant dans la loge alors que les gars se dirigent vers une autre loge où les douches sont plus nombreuses.

Mon sourire se fige lorsque j'y découvre Louise. Son regard est vide ; je ne sais pas ce qu'elle ressent ni ce qu'elle fait ici, mais je sais ce que moi je veux. Et elle le sait aussi, car je viens de lui dire sur scène à quel point je ne peux me passer d'elle. Sur un coup de tête, je m'approche d'elle, lui attrape le poignet et l'entraîne dans la salle de bain avec moi.

— Jonas… Qu'est-ce que…

— Arrête de penser, Louise…

Elle n'a pas le temps de réagir, je la fais passer devant moi et ferme la porte à clé avant de la pousser contre le mur. Nos respirations sont saccadées, nos yeux ne peuvent se détacher, je sais qu'elle réfléchit et que si je la laisse penser trop longtemps, elle va se barrer, et il en est hors de question.

Je fonds sur sa bouche, elle me résiste, mais je lui attrape la lèvre avec mes dents et elle me laisse franchir cette barrière. Je cherche sa langue ; une fois la surprise passée, je sens son corps se détendre sous le mien, et elle répond enfin à notre baiser qui se fait plus ardent, plus passionné. Je ne peux m'empêcher de grogner. Mes mains attrapent les siennes pour les plaquer au-dessus de sa tête, ma jambe passe entre les siennes, je me frotte à elle, j'ai envie de me fondre en elle au plus vite. Je la veux. Maintenant. J'enlève mon tee-shirt, je défais ma ceinture tout en l'embrassant, mais elle ne fait rien pour se déshabiller alors je fais passer son tee-shirt par-dessus sa tête, je lui enlève son soutien-gorge à la vitesse de la lumière pour ne pas la laisser réfléchir. Je l'embrasse toujours lorsque ma main défait les boutons de son jean et passe sur son intimité humide. Elle gémit sous mon geste. Mon érection ne demande qu'à être libérée alors que le reste de nos vêtements se retrouvent au sol. Avant que je ne la fasse mienne à nouveau, je l'entends murmurer :

— Jonas, on ne doit pas…

Je l'embrasse pour lui couper la parole et m'introduis en elle. Je grogne de contentement, elle soupire de plaisir. Je suis enfin chez moi. Nos corps s'emboîtent parfaitement, ils ont été créés pour être ensemble. Cela fait plusieurs mois qu'ils sont séparés, mais on dirait que nous avons fait l'amour encore ce matin. Je me rapproche le plus d'elle, lui embrasse le cou, le mord, le suce. Ses jambes passent autour de ma taille comme si ça avait toujours été leur place alors que ses bras s'enroulent autour de ma nuque. J'embrasse ses seins, mordille ses tétons dressés vers moi. J'accélère le mouvement, car les autres peuvent revenir à tout moment. Elle se retient de crier sous mes assauts en capturant sa lèvre inférieure avec ses dents ; sa tête est posée contre le mur, son cou offert à ma bouche. Lorsque nous entendons des voix derrière la porte, elle relève la tête et me regarde affolée. Je me décale pour ouvrir l'eau de la douche et pose ma main sur sa bouche pour lui faire comprendre de se taire, et je continue ; il est hors de question de m'arrêter maintenant. Je sens son souffle de plus en plus rapide dans mon cou alors que j'augmente mes coups de reins, je veux faire durer ce moment, la garder auprès de moi le plus possible. J'étouffe les cris de plaisir de Louise avec ma bouche lorsque son corps se contracte autour du mien, elle ne manque pas de me mordre jusqu'au sang, mais je suis tellement obnubilé par ma jouissance que je m'en fous. La douleur a déclenché mon orgasme. Je reste un instant en elle, mon cœur va exploser, le souffle me manque. Elle repose les jambes au sol et pose son front contre mon torse, les yeux fermés, le souffle saccadé. Elle doit sentir mon cœur dont les battements redescendent lentement. Je ne peux empêcher mes doigts de parcourir sa peau, je veux profiter d'elle le plus longtemps possible. Sa chaleur, son odeur, son souffle. Je la serre contre moi, me love contre elle, inspire son odeur, mon nez enfoui dans ses cheveux. Je sais qu'elle en fait de même, son visage dans mon cou, ses mains caressant mon dos. Enfin chez moi, enfin entier. Je viens de retrouver la moitié qu'il me manquait depuis plusieurs mois. Je me sens serein, simplement bien ; chose que je n'avais pas ressentie depuis bien trop longtemps. Le froid me paralyse lorsqu'elle s'écarte de mon corps, j'essaie de capter son regard, de lui montrer à quel point elle me manque, mais elle se réfugie sous l'eau chaude de la douche. Je vais pour la rejoindre, mais elle me stoppe de la main sans un mot. Lorsqu'elle en sort toujours sans un regard, je prends sa place.

Lorsque j'en ressors, je suis surpris de voir qu'elle est à moitié nue. Seul son jean la couvre ainsi que son soutien-gorge alors qu'elle tient entre ses doigts son tee-shirt trempé. Mes yeux sont attirés par son corps à moitié dénudé. Qu'est-ce que je ne donnerais pas pour revenir en arrière et tout changer ? Louise n'ose pas me regarder alors que je ne peux m'empêcher de graver les courbes de son corps dans ma mémoire. La serviette qui entoure mes hanches commence à devenir un peu trop étroite dans cette salle d'eau tout à coup bien trop petite pour nous deux. Ses yeux s'ancrent dans les miens alors que je l'effleure pour attraper mon tee-shirt qui a échappé à l'inondation et le lui tendre. Avec un sourire crispé, elle l'enfile lentement. Mon cœur se serre en remarquant qu'elle inspire mon odeur sur ce tee-shirt qui me recouvrait la peau encore ce matin et ma main recouvre sa joue.

— Louise…

Ma voix plus grave que d'habitude, à peine audible, se faufile sous les pores de sa peau qui se recouvrent de chair de poule. Ses yeux ambrés me fixent ; impossible de déchiffrer ce à quoi elle pense. Je profite de ce moment suspendu pour rapprocher mon corps du sien et sentir sa chaleur. Elle me surprend en approchant ses lèvres des miennes pour y déposer un baiser si léger que j'ai l'impression de l'avoir rêvé.

— On n'aurait pas dû, Jonas…

Mon front heurte le sien doucement. J'ancre mes yeux aux siens afin qu'elle comprenne bien ce que je vais lui dire.

— Peut-être, mais on ne peut pas aller à l'encontre de ce que nous dictent nos corps.

— Jonas…

Je pousse mon bassin vers elle pour qu'elle sente bien à quel point mon corps a toujours envie d'elle.

— Et nos corps ne se trompent pas, eux…

Nous sursautons lorsque des coups sont tapés à la porte.

— Jonas ! Qu'est-ce que tu fous ? On a soif !

Louise en profite pour s'écarter de moi et me tend mon jean afin que je l'enfile. Ma serviette se retrouve au sol et je ne peux m'empêcher de sourire lorsque je vois les yeux de Louise dévier sur mon torse tatoué et ma virilité tendue vers elle. Lorsqu'elle remarque que je souris bêtement, elle se retourne brusquement vers le miroir.

Avant de sortir rejoindre les gars qui m'attendent derrière la porte, je me positionne derrière cette femme que je désire plus que tout au monde. Nos regards s'accrochent à travers le miroir.

— Je ne m'excuserais pas, Louise. Car j'aime plus que tout te toucher, t'embrasser, te caresser, te faire vibrer sous mes doigts et mon corps.

Ses yeux se ferment, mais aucun son ne sort de sa si jolie bouche. Ma main se perd dans ses cheveux que je rassemble sur une de ses épaules afin d'embraser la peau si fine de son cou. Je n'attends pas sa réaction et sors rejoindre les gars qui s'impatientent derrière la porte.

— Putain ! T'en as mis du temps ! me lance Stan.

J'enfile un nouveau tee-shirt et propose à tout le monde d'aller boire un coup au bar, afin que Louise puisse sortir en toute discrétion.

Je sirote ma bière lorsqu'elle s'avance vers nous.

— Tu étais où Louise ? lui demande Océane.

— Un abruti m'a renversé de la bière sur mon tee-shirt, alors je suis allée me changer, c'est tout !

Jim la regarde puis m'observe, il fixe le tee-shirt que Louise a sur le dos, et reconnaît celui que je portais aujourd'hui. Il s'approche de moi.

— Cela mérite des explications, il me semble ?

— Rien qui te concerne directement… Il me semble ? Je lui dis énervé.

— À moi ? Non, mais à elle… Sûrement…

Il me montre Adela qui se dirige vers nous avec un immense sourire. Bordel ! Il ne manquait plus qu'elle. Elle fait la bise à tout le monde et termine par moi. Elle passe les mains autour de mon cou et s'avance entre mes jambes écartées pour se presser contre moi et m'embrasser à pleine bouche. Je la soupçonne de le faire exprès pour montrer son territoire à Louise, mais je la repousse gentiment. Elle sait que je n'aime pas les effusions de tendresse en public. Les discussions vont bon train et Océane nous divertit. Je vois le regard d'Adela se porter plusieurs fois sur Louise et observer le tee-shirt qu'elle porte ; forcément, elle m'a vu partir avec ce matin. Je sens que la soirée va être longue. Sans que je m'y attende, Lily nous sauve tous les deux. Et vu son sourire, je pense que tout comme Jim, elle a compris. Elle regarde Louise qui rit avec Fred et Stan et lui lance :

— Hé Louise ! Fais attention à ce tee-shirt ! J'y tiens comme à la prunelle de mes yeux ! Il n'en existe plus des comme ça !

Je vois ses joues rougir en hochant la tête et Adela rajoute en me regardant :

— Tu n'avais pas le même ce matin ?

— Si, mais Lily et moi avons souvent les mêmes tee-shirts…

Je bois ma bière pour me donner une certaine contenance, mais ce n'est pas passé loin. Un peu plus tard dans la soirée, j'observe Louise et Adela discuter ensemble des différents salons de l'érotisme auxquels elles ont assisté.

— Sacré dilemme…

Je me retourne vers Lily qui me regarde tendrement.

— Little Lil, on sait tous les deux ce qu'il en est…

— Oui, mais est-ce qu'elles le savent, elles ?

— Bordel…

Je les regarde toutes les deux et je ne peux nier que ce sont des femmes magnifiques, mais ce qu'il vient de se passer avec Louise montre bien que malgré notre séparation de plusieurs mois et malgré le fait que nous sommes tous les deux en couple, nous sommes attirés l'un par l'autre. Nos corps se cherchent, irrémédiablement.

Rien que tout à l'heure avant le concert, nous n'avons pas eu besoin de nous parler. Je me suis assis près d'elle, j'ai posé ma tête sur son épaule et elle a ressenti tous mes sentiments, tous les non-dits depuis plusieurs mois. Et tout à l'heure dans la salle de bain, cette pulsion que nous avons eue prouve que l'appel de nos corps est plus fort que nos relations avec Adela ou Camille. La question est de savoir si c'est le goût de l'interdit qui a fait que ça a été si intense entre nous ou pas. Je ne serais pas contre le fait de recommencer pour en être sûr, mais je ne suis pas certain qu'elle veuille réitérer l'expérience, car je la connais et je sais qu'elle va réfléchir à ce qu'il s'est passé ce soir et qu'elle va tout faire pour m'éviter désormais.

Une voix me fait sortir de mes pensées :

— Aller ! S'il te plaît Louise ! Encore un peu…, supplie Océane.

— Océane, tu as cours demain, et si tu veux avoir le droit de ressortir avant tes trente ans, tu ferais mieux de me suivre !

— Allez, mais si tu ne lui dis rien, il ne saura pas !

— Hors de question, Océane, on rentre.

Je vois Océane qui reste assise sur son tabouret, les bras croisés devant une Louise à deux doigts de péter un plomb. Je souris, car je sais qu'elle se retient de lui hurler dessus. Je fais un signe à Jim qui me suit avec un grand sourire. Nous nous plaçons de chaque côté de Louise et croisons nos bras sur notre torse. Louise nous regarde tour à tour, et nous lui faisons un clin d'œil.

— Mais dites-lui que je peux rester encore un peu ! Allez, vous êtes cools, vous !

Louise est choquée d'entendre les mots qu'Océane vient de prononcer. Jim s'approche d'elle et lui dit :

— Sache, jeune fille, que tu as la femme la plus cool de la planète face à toi !

— Ah oui ? Alors pourquoi elle ne veut pas qu'on reste plus longtemps ?

— Océane, merde ! crie Louise. Je devais te ramener juste après le concert et…

— Et alors ? Il n'y a pas mort d'homme, non, si je reste un peu ?

J'élève la voix en m'approchant d'elle :

— Peut-être pas, jeune fille, mais tu es mineure et sous la responsabilité de Louise. Si elle te dit de rentrer, tu rentres !

— Pff ! De toute façon, vous êtes tous que de vieux cons rabougris dans cette salle !

Elle se lève et je la rattrape au vol avant qu'elle ne s'effondre. Elle éclate de rire et Louise devient blanche.

— Mais tu as picolé en plus ? Bordel ! Qui lui a donné de l'alcool ? hurle Louise.

Quelques têtes regardent ailleurs et elle se tape la main contre le front. Elle attrape la canne et essaie de me prendre Océane des bras, mais celle-ci la repousse.

— Laisse-moi avec Jonas, je ne rentrerai qu'avec le beau gosse !

Je me retiens de rire, car Louise a l'air d'avoir perdu son humour tout à coup, mais Jim et les gars explosent de rire sans aucune gêne.

— Non, mais je rêve ! Je vais devoir me coltiner l'ado complètement pétée et en chaleur, et le Dom Juan des bacs à sable ? Non, non, non !

Jim rajoute pour Louise :

— Le beau gosse, ma belle ! Pas le dom Juan !

— Vous me faites tous chier !

Elle se retourne vers Océane et moi :

— Et vous deux plus que tous les autres ! Amenez-vous, la Belle et la Bête !

Tout le monde est mort de rire. Je la soupçonne d'avoir picolé, elle aussi. Autrement, jamais elle ne m'aurait appelé ainsi. Je regarde Adela et lui fais comprendre d'un regard que je dois les raccompagner. Elle hoche la tête pour me donner son assentiment. Je suis Louise tant bien que mal, mais lorsqu'elle se dirige vers sa voiture, je lui montre la mienne. Après tout, je suis sobre, et il va bien falloir que je rentre chez moi après les avoir raccompagnées. Je pose mon paquet sur la banquette arrière, mais celui-ci me retient et me fait une bise sur la joue en me répétant que je suis le plus beau du monde. Je lui dis gentiment mais fermement qu'elle n'a pas intérêt à gerber dans ma voiture ou elle la nettoiera entièrement. Elle rit et ferme les yeux. Je souffle en me mettant derrière le volant.

Chapitre 9
Louise

Jonas pose Océane endormie sur mon lit et regarde autour de lui. Nous ne nous sommes pas adressé la parole depuis que nous sommes sortis de la salle. Lorsque nos regards se croisent, je lui fais signe de sortir alors que je commence à détacher les chaussures d'Océane en les balançant par terre. Elle grogne, mais se laisse faire. Je suis choquée de voir qu'elle a une immense cicatrice sur sa cuisse. Elle part au niveau de la taille et descend jusqu'au-dessus de son genou. Je m'assois sur le lit près d'elle, la recouvre et me prends la tête entre les mains. Il va bien falloir que l'on discute, car je sais qu'il m'attend dans la cuisine. Je me lève et attends un peu que ma tête arrête de tourner. *Allez, courage!*

Je ne vois Jonas nulle part, ni dans le salon, ni dans la cuisine, ni dans la salle de bain. Je me dirige alors vers la chambre de Loukas et j'ai une impression de déjà-vu. Je retrouve Jonas assis à même le sol, le dos contre le lit, un cadre à la main, les yeux brillants. Mais cette fois, il a un casque sur les oreilles et ne m'entend pas arriver. Je ne sais pas si je dois le rejoindre ou le laisser seul un moment. Toutefois, c'est ma chambre et je n'ai qu'une envie, c'est de me coucher.

J'aimerais effacer tout ce qui vient de se passer ce soir, surtout l'épisode de la salle de bain. J'ai été incapable de lui dire non. Malgré toute la rancœur que je peux avoir envers lui, je n'y arrive pas. Il l'a dit lui-même : nos corps ne mentent pas, eux…

Je l'observe fixer le cadre où nous figurons, Jack, Loukas et moi, riant aux éclats. Ses yeux brillent, et il chantonne une chanson que je ne reconnais pas. Sa voix grave et rauque me donne des frissons, comme d'habitude. J'ai l'impression d'être une voyeuse en l'observant ainsi, mais c'est Jonas ; je crois que jamais je ne me lasserais de le regarder.

Il est très fatigué, las, ses traits sont tirés. Est-ce le contrecoup du concert de ce soir ? Ou l'accumulation de trop de choses ? Je regarde ses tatouages qui serpentent sa peau, et mes yeux se bloquent un moment sur la boussole encrée sur son biceps. Arthur. Lorsque j'y repense, cela me paraît si évident. Jonas est Arthur, le Jonas d'avant l'accident, le Jonas heureux. Qu'en est-il à présent ? Quel côté de lui ressort le plus ? Jonas ? Arthur ? Je continue de l'observer, je ne l'ai pas vu pendant plusieurs mois et il m'a manqué. C'est maintenant que nous sommes seuls, dans la même pièce que je me rends compte du manque que j'ai éprouvé de ne pas l'avoir auprès de moi. C'est comme si ce soir je retrouvais une part de moi-même, c'est comme si j'étais enfin entière. J'observe nos visages sur le cadre que Jonas tient toujours en main. Loukas et Jack ne reviendront pas, je peux penser ce que je veux, mais Jonas et moi sommes liés, tout comme l'étaient nos frères.

— Si j'avais accepté leur relation…

Je relève les yeux vers Jonas qui continue de me parler sans relever les yeux du cadre.

— Ils seraient vivants, et nous nous serions rencontrés dans d'autres circonstances tous les deux…

Il s'arrête un moment, puis ses yeux brillants s'ancrent aux miens.

— Et je suis certain que nous serions heureux ensemble…

Il sourit.

— Avec eux comme chaperons…

Son visage se tourne vers le cadre qu'il tient dans une main, et de l'autre, il met ses doigts sur ses yeux en penchant sa tête vers le sol. Toute cette tristesse me touche. Je me rends compte à cet instant que nous ne pouvons parler de leur mort à personne d'autre. Nous sommes les seuls à pouvoir nous comprendre, nous soutenir. Chose que nous n'avons jamais faite jusqu'à présent.

Je m'approche lentement et m'assois devant lui, mon dos contre son torse, ma tête sur son épaule. Ses jambes entourent les miennes, une de ses mains se pose sur mon ventre, l'autre sur ma tête, et il me caresse les cheveux. Je débranche son casque et la musique se diffuse doucement dans la chambre : Thirty Seconds to Mars qui chante *Stay*.

Nous restons ainsi, l'un contre l'autre. Je repense à tout ce que nous aurions pu vivre tous les quatre, comme Jonas me l'a dit tout à l'heure. Est-ce que s'il avait accepté la relation de Loukas et Jack, nous nous serions rencontrés dans d'autres circonstances ? Est-ce que nous aurions été un couple normal ? Est-ce que les garçons auraient cautionné cette relation ? Cela fait beaucoup de questions pour mon cerveau ramolli par la fatigue. Je ferme les yeux et me laisse aller contre lui, son nez dans mon cou, sa bouche qui y dépose de doux baisers, mais cela ne va pas plus loin. De la tendresse, du réconfort, c'est tout ce dont j'ai besoin en cet instant.

La sonnerie de ma messagerie me réveille. Je suis toujours assise par terre dans les bras de Jonas. Je me soulève un peu pour attraper mon portable dans la poche arrière de mon jean et j'entends Jonas qui grogne derrière moi.

— Putain, Louise…

Je me décale un peu pour lire le message de Camille :

Ma princesse, nous sommes bien arrivés. Je pense très fort à toi, tu me manques énormément, je n'ai qu'une envie, c'est te serrer dans mes bras et te faire l'amour comme un fou... Douce nuit, ma belle

Mon visage reste figé devant son message. Mais qu'est-ce que je suis en train de faire ? Je suis lovée dans les bras de Jonas alors que j'ai un homme parfait qui ne demande qu'à faire sa vie avec moi. J'essaie de me relever, mais Jonas me maintient et me souffle de sa voix rauque endormie :

— J'ai besoin de toi, Louise. Reste avec moi, juste cette nuit…

Je ferme les yeux. Je ne sais plus quoi faire, plus quoi penser. Jonas se relève et s'allonge sur le lit de mon frère en me tendant la main. Je m'allonge aussi, dos à lui, en restant éloignée. Il grogne, souffle. Son bras entoure ma taille et me tire contre son corps chaud. Son souffle dans mon cou, il me murmure :

— Laisse-moi profiter de ta chaleur cette nuit, Louise. Je veux juste un peu de tendresse et d'amour… Tu me manques tellement… Juste un peu… de bonheur…

À chaque parole prononcée, je sens ses lèvres sur mon cou. Mon souffle se coupe, sa respiration se fait plus profonde ; il s'est endormi. Je regarde la photo de mon frère et de Jack sur la table de chevet ; ils nous observent. Auraient-ils approuvé notre relation ?

Une sonnerie stridente me fait sursauter. Je me retourne pour tomber nez à nez avec Jonas. Il grogne et sort son téléphone de sa poche. Je peux voir que c'est Adela qui l'appelle. Il se retourne pour répondre. Il est 4 h 30 du matin.

— Ouais…

— …

— D'après toi ? Qu'est-ce que je peux faire à quatre heures et demie du mat', Adela ?

J'entends sa voix qui s'élève au bout du fil. Jonas est assis de dos, les pieds au sol, penché en avant, une main dans les cheveux.

— Écoute, Adela, je dors où je veux !

— …

— Mais non ! Écoute, je n'ai pas de comptes à te rendre.

Il se tait un instant puis reprend en colère :

— Adela ! Nous ne sommes pas un couple, OK ? Alors tu n'as pas à débarquer chez moi en pleine nuit pour savoir si j'ai découché ou pas ! Et dès demain, tu me rends mes clés.

J'entends le mot « connard » et puis « sale con »… Ensuite, plus rien. Il se rallonge et souffle. Je me retiens de rire alors je lui tourne le dos.

— Je peux savoir ce qui te fait rire ?

— Mais rien ! Je ne ris pas.

Il se met à califourchon sur moi et j'éclate de rire.

— Louise…

Je n'arrive pas à m'arrêter en voyant qu'il ne comprend pas, et surtout en repensant à ma bêtise. Mais je capitule en voyant qu'il commence à se rapprocher un peu trop de moi.

— OK, OK… Tu devrais changer de nom de famille, tu sais ? je lui dis essayant de me contenir.

Il fronce les sourcils, il ne comprend toujours pas…

— Monsieur Connard te va comme un gant !

— Putain ! Tu vas me le payer !

Il se met à me chatouiller et je ne peux m'empêcher de rire aux éclats jusqu'à ce qu'une porte claque et que la voix d'Océane se fasse entendre.

— Louise ? Ça va ?

Nous nous arrêtons, je retiens mon rire, puis je lui crie :

— Oui, Océane, un mauvais rêve sûrement !

— Oh, bonne nuit.

— À demain.

Je repousse Jonas sur le côté et regarde le plafond. Il prend la même position que moi et me dit :

— Je crois que je suis à nouveau célibataire…

— Tu devrais prendre soin d'Adela, elle t'aime et c'est une femme bien, tu sais…

— Je sais, mais je ne serai heureux qu'avec une seule personne, Louise, mais apparemment, elle a trouvé l'homme parfait à ses yeux.

Je déglutis. Qu'est-ce que je pourrais bien lui répondre ? Après un moment, il me demande :

— Il a pris l'avion pour aller où ?

Je suis étonnée qu'il s'intéresse à Camille, mais je lui réponds quand même.

— Sur l'île de la Réunion, faire un raid, la diagonale des fous… Une course à pied de 160 kilomètres, de nuit…

— Oh… Un sportif… Comment vous êtes-vous… tu sais ?

— En fait, après l'opération de ma cheville, il a fallu que je fasse de la rééducation et j'ai appelé un kiné, et voilà ! Mais je pensais que c'était une femme… Camille…

J'entends son rire discret.

— Et comment ?

— Ça t'intéresse vraiment ?

Il tourne la tête vers moi et me dit :

— J'aimerais savoir quand j'ai merdé…

— Oh… Eh bien disons que dès que nous nous sommes rencontrés, j'ai vu que je lui plaisais… Mais…

Je n'arrive pas à continuer. Qu'est-ce que je vais lui dire ? Que je ne voulais pas donner suite à cause de lui ?

— Au salon de l'érotisme…

Il me regarde à nouveau :

— Quoi ?

— Là où tu as merdé… En parlant à Jim de leur mort… Cela faisait un moment qu'on se côtoyait, et voilà, ça s'est fait simplement…

Sa main prend la mienne et la serre. Il regarde toujours le plafond.

— Quand je pense que c'est à cause de moi que tu as rencontré l'homme parfait !

— Comment ça ?

— Si je ne t'avais pas bousculée, tu ne te serais pas blessée à la cheville et tu n'aurais pas rencontré ton prince charmant… Princesse…

Je garde les yeux au plafond. Il a donc lu le message que m'a envoyé Camille tout à l'heure.

— Et toi ? Avec Adela ?

— Oh, je crois que ce n'est plus d'actualité à cette heure-ci, princesse.

— Arrête de m'appeler comme ça s'il te plaît !

— Oh, il n'y a que lui qui peut alors ?

Je souffle ; je n'ai pas envie de batailler avec lui, je suis crevée.

— Je dois dormir, Jonas.

— Ouais.

Je récupère ma main et me retourne face au mur. Jonas n'a pas bougé ; je peux entendre sa respiration ralentir. Tout est calme autour de nous. Je commence à plonger dans le sommeil lorsque le murmure de Jonas m'en sort :

— Louise…

— Hum ?

— Est-ce que tu me pardonneras un jour ?

Je ne lui réponds pas et regarde la photo de Jack et Loukas. Je ne sais plus quoi penser de tout ça. Après un moment, il reprend :

— Parce que si toi, tu ne peux pas, alors je ne pourrai jamais me pardonner moi-même…

Je sens qu'il se retourne de son côté et il ajoute :

— Merci Louise, pour cette nuit.

Je me retiens de le prendre dans mes bras et m'endors sous les regards bienveillants de Jack et Loukas. Est-ce que ça aurait été plus simple s'ils étaient toujours en vie ?

La sonnerie de mon réveil me fait ouvrir les yeux. Il est à peine 7 heures. Mais quelle idée de me lever si tôt ! Je les referme et plonge ma tête sous l'oreiller pour me relever aussitôt.

— Merde ! Océane ! Le lycée…

Je me lève vite et m'habille avant de traverser l'appart pour frapper à la porte de ma chambre.

— Océane ! Lève-toi ! Tu dois aller au lycée !

Je sursaute quand une voix derrière moi me dit :

— Ça fait une heure que je suis debout…

Je me retourne et elle est déjà habillée, en jogging et grand tee-shirt.

— Oh, désolée, la nuit a été courte…

— Mouais… Des cauchemars ?

Je ne sais pas quoi lui répondre. Est-ce qu'elle se doute de quelque chose ? Et Jonas ? J'espère qu'il va attendre qu'elle soit partie avant de se lever.

— Tu as déjeuné ?

— Non, j'ai fait mes exercices, elle me montre sa jambe. Et j'attends Jonas qui m'a promis de m'amener les meilleures chocolatines au monde alors…

Je suis sans voix, je ne comprends pas. Quand est-ce qu'elle a croisé Jonas ? Ce matin ? Il n'est pas censé dormir à cette heure-ci ?

— Heuuuu… OK. Tu vas te doucher en attendant ?

— Ouais… Ça va toi ?

— Bien sûr ! Je vais tout préparer, je ne veux pas que tu arrives en retard ; Marc me tuerait s'il l'apprenait.

Je m'avance vers la cuisine et n'arrive pas à me concentrer. Quand est-ce qu'elle a vu Jonas ? Elle l'a croisé ce matin ? Est-ce qu'elle sait que nous avons dormi ensemble ?

— Arrrghh !

Je suis énervée de ne pas savoir. Mais oui ! Je file alors vers la chambre, pour découvrir qu'elle est vide… Alors elle l'a bien vu ce matin… Je ressors en rogne contre Jonas et le trouve dans la cuisine qui pose une poche remplie de viennoiseries fumantes et odorantes. Je me dirige vers lui pour l'engueuler, mais il prend les devants en levant les mains devant lui :

— Stop ! On s'est croisés cette nuit dans le couloir et je lui ai promis que si elle se levait et qu'elle était prête à l'heure, elle aurait droit à des chocolatines, c'est tout !

— Et elle a trouvé normal de te croiser cette nuit ?

— Relax, ma belle, et… excuse-moi pour le bordel, mais c'est pour la bonne cause…

Il me fait un clin d'œil et me montre le canapé. Je ne sais pas si je dois lui sauter au cou ou le tuer sur place. Tout est en vrac ! Il y a des coussins, une couette et une couverture disséminés un peu partout. Je relève les yeux vers Océane qui sort de la douche et se jette sur les viennoiseries.

— Putain ! Tu sais que je t'aime, toi ?

Sur ce, elle dévore une chocolatine alors que nous explosons de rire. Nous nous joignons à elle pendant qu'elle discute avec Jonas du concert d'hier soir. Elle prend son téléphone lorsqu'elle reçoit une notification et fronce les sourcils puis me regarde et regarde à nouveau son téléphone.

— Un problème ? je lui demande.

— Oui et non…

— Océane…

— Alors la bonne nouvelle, c'est que Camille est dans les 200 premiers et qu'il a bientôt terminé et la mauvaise, c'est que papa a abandonné cette nuit et qu'il va être de très, très mauvais poil à son retour !

— Pourquoi ? Ce n'est qu'une course à pied, non ? lui demande Jonas.

— Quoi ? Mais tu ne te rends pas compte ! C'est LA course pour laquelle il s'entraîne tout le temps ! C'est son exutoire, sa façon de se rapprocher de maman…

Je relève les yeux vers elle en même temps que Jonas. Elle nous regarde, puis fixe ses yeux aux miens, et me lance :

— Je ne t'ai rien dit, OK ?

Je hoche la tête.

— Maman était une sportive accomplie : triathlons, courses à pied, raids, marathons… C'était sa came. Mais ce qu'elle aimait par-dessus tout, c'était cette course. Alors, lorsqu'elle est partie, papa s'est mis à s'entraîner, Camille l'a aidé, bien sûr, puis s'est entraîné avec lui. L'année après sa mort, ils se sont retrouvés là-bas. C'est… une sorte d'exutoire…

Je regarde Océane qui a les larmes aux yeux et je ne comprends pas pourquoi elle est prête à pleurer. Je suis étonnée de voir Jonas qui s'approche d'elle. Il lui relève le menton et la regarde droit dans les yeux.

— Pourquoi est-ce que tu pleures ?

Elle le repousse et lui dit :

— Je ne pleure pas !

— Excuse-moi. Alors pourquoi autant de tristesse ? C'est beau ce qu'ils font pour honorer la mémoire de ta mère, non ?

— Tu ne peux pas comprendre ! elle lui crie.

— Alors explique-moi ! il lui répond en reprenant son menton du bout des doigts pour qu'elle le regarde.

Je suis surprise de la réaction de Jonas ; je ne pensais pas qu'il allait s'attacher à elle aussi vite. Il est vrai que c'est une chouette fille, mais comme nous, elle traîne plusieurs casseroles qui sont difficiles à gérer pour une gamine de 17 ans.

— Putain ! Mais regarde-moi ! Je ne peux même pas marcher correctement ! Alors, courir, tu n'imagines même pas !

Je pense comprendre. Jonas s'approche un peu plus et la prend dans ses bras où elle se lâche en pleurant contre son torse.

— Je comprends, ma belle. Tu ne peux pas honorer la mémoire de ta mère en les accompagnant, mais il doit bien y avoir autre chose qu'elle aimait, non ? Il n'y avait pas que la course à pied dans sa vie quand même ?

Elle murmure :

— La musique, elle adorait chanter…

— Bien, on avance.

Ils restent un moment ainsi et je montre l'horloge à Jonas. Ils vont devoir bouger afin qu'elle ne soit pas en retard au lycée.

— Je te propose quelque chose, lui dit Jonas en la détachant de lui. Tu vas finir de te préparer et je t'emmène moi-même au lycée.

— Tu es sérieux ?

Il hoche la tête.

— Et tu pourras m'accompagner jusqu'à l'entrée ? J'ai deux ou trois personnes que je veux rendre vertes de jalousie !

— Avec grand plaisir, ma belle ! Allez, file !

Elle se dirige vers la chambre, et je ne peux m'empêcher de fixer Jonas. Je ne lui connaissais pas ce côté protecteur.

— Quoi ? il me demande en mordant dans une chocolatine.

— Rien. Tu pourras me déposer à la salle ? Je dois récupérer ma voiture, enfin… si tu as le temps ?

Il s'approche de moi et pose sa main sur ma joue.

— Pour toi, toujours…

Je la retire lorsque j'entends Océane qui arrive tout excitée. Nous la laissons à l'entrée du lycée. Je souris en voyant Jonas l'accompagner. Il porte son sac, et lorsqu'ils sont justes devant, il le lui tend, prend son visage entre ses mains et lui fait une bise sur le front en lui disant quelque chose que je ne comprends pas, mais qui la fait rougir. J'ai l'impression d'avoir le vrai Jonas devant moi, le grand frère qu'il a dû être avec Jack lorsqu'ils vivaient ensemble plus jeunes. Aimant et protecteur…

Lorsqu'il remonte dans la voiture, je lui demande ce qu'il lui a dit pour qu'elle rougisse ainsi. Il se retourne vers moi et me répond avec un petit sourire :

— Rien de sexuel, ne t'inquiète pas !

— Jonas !

Il éclate de rire. Nous rejoignons le parking de la salle où seule ma voiture est garée dans un coin. Je me sens bête, tout à coup. Nous n'avons pas parlé de ce qu'il s'est passé dans la salle de bain, ni de cette nuit ; Océane nous a permis de ne pas penser à tout ça, à notre relation. Mais je ne veux pas laisser de non-dit entre nous. Je me retourne vers lui, mais il me coupe dans mon élan :

— Louise, je sais. Tu n'as pas besoin de me le dire…

— Oh… Et tu sais quoi ?

— Que tu regrettes ce qu'il s'est passé dans la salle de bain hier soir et que tu regrettes aussi de m'avoir laissé passer la nuit chez toi…

Il regarde droit devant lui, les mains toujours sur le volant. Je me rapproche de lui et pose ma main sur sa joue pour qu'il tourne le visage vers moi.

— Jonas, ce que nous avons fait hier soir dans la salle de bain était une erreur et le fait que nous ayons dormi ensemble en était une aussi…

Il lève les yeux au ciel et regarde à nouveau devant lui, mais je n'ai pas terminé. Je veux mettre cartes sur table avec lui. Je lui attrape le visage à nouveau et me perds dans son regard ombrageux.

— Mais… mais… J'ai aimé ça, Jonas. Je ne peux pas nier que lorsque tu es près de moi, mon cœur bat plus vite, j'ai chaud, j'ai des frissons…

Je ferme les yeux. Je dois continuer ; il ne faut pas que je m'arrête. C'est maintenant ou jamais. Il veut parler, mais je mets mon index sur ses lèvres.

— Nous sommes liés, à jamais. Mais ce lien qui nous unit nous désunit aussi, Jonas. Ce qu'il s'est passé avec Jack et Loukas reste enfoui quelque part au fond de moi. Et je sais que malgré la réaction que peut avoir mon corps lorsque tu es près de moi, je ne t'ai pas encore entièrement pardonné.

Il souffle et ferme les yeux. Il accuse le coup, mais je dois continuer.

— Mais je sais que j'ai besoin de toi près de moi, que tu me manques, que tu es devenu malgré moi – malgré nous – un pilier dans ma vie. Et puis… il y a Camille.

Il ouvre les yeux, et je sens la colère qui monte en lui.

— Jonas, je suis bien avec lui.

Il ferme les yeux à nouveau.

— Depuis que je l'ai rencontré, je me sens bien, mon esprit est reposé, il m'apporte de la stabilité, du calme, un avenir…

Il tique à ce mot. Il prend ma main et la retire brusquement de son visage. Il passe ses doigts sur l'arête de son nez et me dit en regardant droit devant lui :

— J'ai compris. Tu peux descendre.

— Jonas… J'ai besoin de…

— Dégage, Louise.

Il a prononcé ces mots calmement, je suis surprise qu'il n'éclate pas.

Je prends mon sac et descends de la voiture. Je vois des larmes sur ses joues. Tandis qu'il regarde toujours devant lui, je lui dis :

— Ne m'abandonne pas.

Pas un regard, pas un geste dans ma direction. Je ferme la portière et il démarre. Je décide de bouger que lorsque je ne vois plus sa voiture. Il fallait qu'il le sache ; Camille est mon avenir. Je le sais.

Chapitre 10
Jonas

Je roule, je ne sais pas où je vais, mais j'ai besoin de me vider la tête. Je viens de me prendre un râteau en bonne et due forme ! Mais quel connard ! Moi qui pensais qu'elle s'était enfin rendu compte que nous étions faits l'un pour l'autre et que nous devions être ensemble. Non, elle l'a choisi lui. Elle choisit la stabilité, le calme, l'avenir à moi. Après, qui le lui reprocherait ? Quel avenir une femme comme elle peut avoir avec un homme comme moi, un chanteur dans un groupe de rock ? Qu'est-ce que je peux lui apporter à part quelques chansons ?

Je sais que je ne pourrai jamais effacer ce que j'ai fait, que je ne pourrai jamais l'empêcher de penser à eux et à leur mort lorsque son regard croisera le mien. Pour elle, je suis leur bourreau. Et rien ne pourra changer ça.

À chaque fois que son regard se pose sur moi, elle doit voir leur voiture sur le flanc, les lumières bleues des pompiers, elle doit entendre leurs cris, tout comme moi. Mais dans son malheur, elle n'a pas les images qui me reviennent souvent en tête. Leur visage, le sang, la peur dans les yeux de Jack, l'incompréhension dans ceux de Loukas et leurs larmes incessantes. Il m'est impossible de m'enlever ces images de l'esprit. Elles restent et resteront gravées en moi à jamais. Malheureusement, à chaque fois que mes yeux se ferment et que je pense à Jack, la première image qui me vient est celle de son regard ancré au mien, du sang qui orne son beau visage, de ses gémissements de douleur, de sa main ensanglantée qui tient la mienne. De ses mots : « J'ai peur ». Des miens : « Je t'aime, accroche-toi ». Ensuite, tout est flou, j'entends au loin les pompiers qui désincarcèrent Loukas car il est le corps le plus facile à dégager. Les hurlements d'une femme qui appelle Loukas et Jack. Puis les pompiers qui me poussent pour pouvoir atteindre mon petit frère. Les policiers qui essaient d'attirer mon attention afin de répondre à leurs questions sur les circonstances de l'accident. Mais je ne veux pas être séparé de son regard une seule seconde, je sais que ça le rassure de savoir que son grand frère veille sur lui. J'envoie chier les policiers. Mes potes qui arrivent. Je me souviens avoir été près de lui dans le camion qui le menait à l'hôpital, de lui avoir tenu la main tout du long, de regarder ses larmes couler, de lui dire combien il était fort, qu'il allait s'en sortir, que j'étais fier de lui. Je me souviens aussi de ce pompier bienveillant qui, malgré mon état, a tout fait pour me calmer, a fait ce qui était en son pouvoir pour rassurer Jack, pour calmer ses douleurs incessantes. Lorsqu'à l'hôpital, les portes battantes se sont refermées sur son brancard, j'étais persuadé de le revoir. Un dernier regard à mon petit frère, nos derniers mots : « Jonas, j'ai si mal. J'ai peur », « Je t'aime accroche toi », « Je t'aime aussi grand frère ».

J'ai hurlé, j'ai crié, j'ai balancé tout ce qui me passait sous la main. Personne n'a pu me calmer. Ils étaient plusieurs à me maintenir afin qu'une dose de calmant me soit administrée. Je me souviens d'avoir entendu au loin un autre cri, identique au mien. Le cri de quelqu'un qui venait de perdre, tout comme moi, la personne la plus importante de sa vie. *Louise.*

Je me gare sur le bas-côté ne supportant plus de revivre tout ça. Je hurle, je crie, je tape sur le volant, ma tête heurte plusieurs fois l'appui-tête du siège, mes larmes sont intarissables. La sonnerie de mon portable me sort de ma léthargie.

— Ouais ?

— Salut, mec. On t'attend pour la réunion, me dit Jim.

— J'arrive dans un quart d'heure.

— À tout de suite.

Je raccroche et pars en direction des studios. Nous devons voir les dates des prochains concerts pour la nouvelle tournée, et surtout, faire la promo de notre nouvel album. Il faut que je me concentre sur ma carrière, il n'y a plus que ça qui doit compter pour moi maintenant. Nous allons bouger plus longtemps et plus loin que la dernière fois, et je sais que l'éloignement va me permettre d'avoir moins mal…

Enfin, j'espère.

La réunion s'éternise. Je n'arrive pas à me concentrer, mes pensées partent toujours vers Louise et sa déclaration de merde. Qu'est-ce qu'elle attend de moi au juste ? D'un côté, elle dit qu'elle a besoin de moi, mais de l'autre elle le choisit, lui. Pourtant, elle sait très bien que nos vies sont liées à jamais. Si elle ne l'avait pas appris, elle ne l'aurait sûrement pas appelé ce soir-là, et nous serions ensemble à présent.

Je dois arrêter de me prendre la tête avec toute cette merde. Je dois me concentrer sur le boulot. Je relève la tête et vois notre manager devant une carte qui nous montre où nous allons jouer les prochains mois. A priori, on va être encore absents un bon moment. Tant mieux !

Nous nous retrouvons pour manger tous ensemble. Nous sommes tous surexcités d'avoir repris notre vie d'avant. Même si je m'habitue un peu plus tous les jours à jouer sans Jack, il n'est jamais très loin de moi. Dans quelques mois, cela fera un an qu'il ne fait plus partie de ma vie. Je pensais ne jamais m'en remettre, mais petit à petit, j'accepte un peu mieux. Il n'y a que lorsque je vois Louise que la culpabilité me revient en pleine gueule. Je sais que Jim et Little Lil ne cessent de me répéter que ce n'est pas entièrement de ma faute, mais je n'y arrive pas, c'est si simple de rejeter la faute sur un mort.

Je me souviens du soir au salon de l'érotisme où Louise m'a surpris à raconter comment cela s'est passé à Jim, son pétage de plomb, ses larmes, son départ avec Camille… J'ai eu une très grande discussion avec Jim, puis Lily nous a rejoints cette nuit-là. Je leur ai dit tout ce que je savais de cette soirée, y compris ce que m'avait dit Louise.

C'était l'anniversaire de Loukas et Louise, mais ce jour-là, ils fêtaient celui de Louise. Ils ont eu l'air surpris d'apprendre que les jumeaux ne fêtaient pas leur anniversaire ensemble, mais il est vrai que Louise et Loukas avaient décidé de fêter leur anniversaire chacun à leur tour, un jour après l'autre. Ce soir-là était celui de Louise. Ils avaient mangé et bu énormément, et sur un coup de tête, sur les encouragements de Louise et sous l'effet de l'alcool, ils avaient décidé de nous rejoindre pour nous annoncer qu'ils étaient en couple.

Lorsque Lily m'a demandé pourquoi Louise n'était pas avec eux ce soir-là, je lui ai dit qu'elle avait voulu que nos frères soient seuls pour me le dire et qu'elle devait les rejoindre en taxi un peu plus tard. Ensuite, j'ai raconté encore une fois notre dispute avec Jack et Loukas, et leur accident. Lily n'a pas compris pourquoi Louise et moi ne nous sommes jamais croisés.

En fait, Louise est arrivée juste après l'accident, elle a été arrêtée par les pompiers puis elle a accompagné Loukas à l'hôpital pendant que Jack était désincarcéré. À l'hôpital, elle a fait une crise. Alors que nous étions tous ensemble, elle était seule à affronter le décès de Loukas. Elle ne l'a pas supporté, et le médecin l'a sédatée pour la calmer. Je revois l'incompréhension de Little Lil et ses larmes. Lorsque je lui ai demandé pourquoi elle pleurait, elle m'a dit qu'elle était triste de savoir qu'elle avait dû affronter cette épreuve toute seule alors que nous étions tous ensemble à quelques mètres d'elle et que nous vivions la même chose. Lorsque je leur ai dit que tout était entièrement ma faute, que mon comportement de merde les avait poussés à se barrer, à être en colère, ils ont essayé de me faire comprendre que ce n'était pas entièrement de ma faute, que Jack avait aussi sa part de responsabilité.

— Après tout, m'avait dit Lily, ils avaient picolé avant, ils étaient alcoolisés, Jonas. Ils n'étaient pas eux-mêmes non plus ce soir-là, et ils ont eu une réaction disproportionnée, tout comme la tienne. Alors dis-toi que vous avez chacun votre part de responsabilité, mais que cet accident n'est pas dû qu'à ton caractère de merde…

J'ai souri. Et puis, je leur ai tout raconté : le ressentiment qu'avait Louise, qui se croyait coupable, car avant de me rejoindre, ils fêtaient son anniversaire, ils avaient bu énormément, elle se sentait aussi coupable que moi. Jim m'a soutenu en me disant que c'était un enchaînement d'imprévus qui avait déclenché leur mort, que tout le monde et personne était en cause finalement.

Je revois Lily se figer :

— Attends ! Attends ! Tu veux dire que les gars sont morts le jour de l'anniversaire de Louise ?

Et c'est là que j'ai compris ; elle va porter ce souvenir tous les ans à la même époque, jusqu'à la fin de ses jours…

J'ai voulu la rejoindre sur un coup de tête et ils m'ont retenu heureusement ; autrement je l'aurais trouvée dans les bras de son mec et je n'aurais pas supporté de la voir baiser avec un autre que moi.

— Jonas ?

Fred me sort de mes pensées.

— Quoi ?

— Tu étais parti loin, non ?

— Et ?

— Rien, on voulait connaître ton avis sur la tournée, c'est tout.

— Du moment qu'on se barre d'ici et qu'on joue tous les soirs, ça me va !

Je lève mon verre et ils imitent mon geste. Nous passons encore un moment à discuter de cette opportunité qui s'offre à nous de faire une tournée beaucoup plus importante dans de plus grandes salles, et surtout dans de plus grandes villes. Ensuite, je rentre chez moi, j'ai besoin de me retrouver seul, de faire mon sac tranquillement.

Lorsque je passe la porte de mon appart, je ne me sens pas à l'aise. Je fais le tour des pièces et trouve Adela couchée dans mon lit, nue, dans une pose aguicheuse. Elle est allongée sur le dos, un bras derrière sa nuque, une main sur son ventre, les jambes écartées. Elle m'impose crument son intimité. Putain. Il ne manquait plus que ça. Lorsqu'elle me voit, elle se relève et me tend la main :

— Jonas, viens…

— Adela, je t'avais dit de me rendre ma clé.

— Jonas, oublie ce que je t'ai dit cette nuit, j'ai eu tort…
Viens…

Je lève les yeux au ciel.

— Adela, rhabille-toi et va-t'en.

Elle s'avance et m'attrape le poignet. Elle est à quatre pattes sur le lit, relève ses fesses dénudées et me regarde, les yeux brillants.

— Jonas, s'il te plaît, reste avec moi. Je te laisserai voir qui tu veux, tu pourras baiser qui bon te semble, mais garde-moi…

J'attrape mes cheveux avec ma main libre et tire dessus jusqu'à me faire mal afin de ne pas lui en faire à elle. Je sens que je vais exploser. Je dégage mon poignet et lui dis aussi gentiment qu'il m'est encore possible :

— Adela… Lâche-moi… Habille-toi… Et sors d'ici.

Elle se met à crier et pleurer en même temps :

— Non ! Jonas ! Non ! Je t'en supplie ! Ne me laisse pas ! Je ferai tout ce que tu voudras, je te laisserai voir qui tu veux… Mais garde-moi avec toi ! Je t'aime tellement ! Je ne supporterais pas que tu me quittes !

L'entendre me supplier m'est insupportable.

— Putain Adela ! Mais regarde-toi ! Tu es à quatre pattes sur mon lit, à poil, à me supplier de te garder avec moi !

Elle baisse la tête.

— Tu vaux tellement mieux que ça, bordel ! Tu es belle, magnifique ! N'importe quel homme serait prêt à se damner pour toi !

— Mais pas toi…

— Putain ! Mais tu ne vois pas que je ne te mérite pas ? Tu ne vois pas que tu es cent fois mieux que moi ? Que je ne mérite pas ton amour ?

Elle relève ses yeux emplis de larmes vers moi.

— Adela, habille-toi et sors s'il te plaît. Tu trouveras un homme qui te mérite et qui t'aime comme un fou.

— Mais pas toi...

— Non, pas moi...

— C'est à cause d'elle, n'est-ce pas ?

Je ne réponds pas.

— Bien sûr, depuis le début ça a été, c'est, et ce sera toujours elle...

Je tourne les talons, passe à la cuisine pour me servir un verre et attrape mon téléphone :

— Jonas ?

— Aaron.

— Il est arrivé quelque chose à Adela ?

— Tu devrais passer la chercher, elle est chez moi... et...

— Écoute, ça lui arrive parfois de...

— Aaron, je ne sais pas...

— Jonas, elle est en pleurs et te supplie, c'est ça ?

— Je veux qu'on se sépare, mais...

— Je comprends, je suis là dans 15 minutes...

Je vais raccrocher lorsque je l'entends au bout du fil.

— Oh, Jonas ?

— Ouais ?

— Tu n'y es pour rien, tu sais, ça lui arrive de temps en temps... de craquer pour un homme. Ça va lui passer... ça lui passe toujours...

Je regarde mon téléphone lorsqu'un message me parvient d'un numéro que je ne connais pas.

Merci beau gosse ! Mes copines étaient vertes de jalousie et les mecs ont mis un temps fou à fermer leur bouche après ton passage. Tu es le meilleur ! Océane

J'adore cette gamine. Je ne sais pas pourquoi, mais j'éprouve le besoin de la protéger ; elle me fait un peu penser à Jack, chacun avec ses problèmes.

Aaron sonne à la porte. Je le fais entrer, lui montre la porte de la chambre et vais m'enfermer dans celle de Jack. Je ne veux pas croiser son regard, je ne veux pas la mettre mal à l'aise, je ne veux plus penser à rien ni à personne. Je réponds quand même à Océane :

Avec grand plaisir, ma belle. On remet ça quand tu veux après la tournée

La réponse ne se fait pas attendre :

Longtemps ?

Trois mois... Voire plus si tout marche comme on veut

Je pourrai t'envoyer des messages ?

Je souris. Elle a tellement besoin de parler, et j'imagine que ce doit être plus simple avec un inconnu qu'avec son père ou son oncle.

Tu as plutôt intérêt ! Donne-moi de tes nouvelles

Compte sur moi !!!

J'entends la porte d'entrée qui claque. Aaron et Adela sont partis.

Chapitre 11
Louise

Cela fait plusieurs semaines que Marc et Camille sont revenus de leur épopée à La Réunion. Marc est rentré doté d'une humeur massacrante, relevée par Océane qui en a rajouté des tonnes et des tonnes car il a dû abandonner. Quant à Camille, il était heureux – d'avoir terminé à une bonne place – mais crevé. Il est resté quelques jours chez lui pour se reposer un peu. Puis nous avons repris le cours de nos vies. Camille et moi avons décidé de passer plus de temps ensemble, et il s'est installé à la maison. Après tout, lorsque je ne suis pas chez lui, il est chez moi, et il a compris qu'il était compliqué pour moi de déménager. J'ai dû mettre entre parenthèses le téléphone rose, enfin rouge… Je me vois mal continuer avec Camille dans la pièce à côté. En plus, il a insisté pour payer une partie du loyer, ce qui me donne une raison de plus pour arrêter.

Certains appels me manquent, comme Georges, mais ce sont surtout ceux d'Arthur qui me manquent le plus. Sa voix, ses allusions, nos conversations. J'ai l'impression de l'avoir perdu, tout comme j'ai perdu Loukas et Jack, et il m'est compliqué de gérer ce manque sachant qu'il est bel et bien vivant.

Je n'ai plus de nouvelles de lui, depuis que je l'ai laissé sur ce parking il y a quelques mois. J'imagine qu'il a été vexé par ce que je lui ai dit, mais il fallait qu'il sache ; je ne voulais pas lui mentir. J'arrive à suivre leur tournée et je fais en sorte de voir toutes leurs apparitions télévisées et à la radio.

J'ai été surprise de constater que lui et Océane ont gardé contact. C'est un peu devenu son grand frère ; elle lui demande des conseils, et j'imagine qu'elle lui permet de se vider la tête. Jim m'appelle de temps en temps pour me dire où ils se trouvent et me donner quelques nouvelles, mais je sais qu'il fait en sorte de ne pas mentionner Jonas. Lorsqu'il me parle, il dit toujours « le groupe » ou « nous ». Il me parle de Fred et de Stan, mais jamais de lui. À croire qu'il s'est interdit de prononcer son prénom en ma présence…

Seule Lily a compris que j'avais besoin de savoir comment il allait. Même si elle le protège, elle me donne de ses nouvelles au compte-gouttes. D'après ce que j'ai compris, il s'est séparé d'Adela juste avant de partir en tournée et elle l'a très mal pris ; elle a fait une dépression, mais se porte mieux à présent. Elle bosse au club avec Aaron, elle conseille les filles… Il lui occupe l'esprit, ne la laisse jamais seule, et apparemment, ça a l'air de bien fonctionner. Je n'en sais pas plus… Je ne pensais pas qu'elle était si attachée à Jonas, je savais qu'elle avait développé des sentiments forts pour lui, mais pas autant.

Un ouragan tout transpirant se jette sur le canapé où je suis assise.

— Cam !

Il éclate de rire et se frotte à moi comme le gosse qu'il est parfois. Il est 8 heures du mat et déjà en grande forme.

— Tu viens te doucher avec moi, princesse ?

— J'ai déjà pris ma douche !

Il se colle à moi et essuie sa transpiration dans mon cou, sur mon tee-shirt…

— Cam ! C'est dégueulasse !

— Allez ! À la douche !

Il se relève et m'entraîne avec lui, en me posant sur son épaule comme un vulgaire sac de farine, mais j'ai une vue magnifique sur son cul moulé dans son short. Je pose mes mains sur ses fesses musclées et il se marre. Là où je ris beaucoup moins que lui, c'est lorsqu'il me met sous la douche tout habillée avec lui. Je vis avec un gamin !

Nous nous déshabillons, puis il attrape mes mains et les plaque au-dessus de ma tête pour m'embrasser langoureusement. Il prend son temps, descend dans mon cou, sur mes seins, mon ventre, jusqu'à mon intimité. Sa langue douce et chaude et ses doigts en moi me font, comme à chaque fois, partir très vite. Je n'ai pas le temps de revenir à moi qu'il me retourne contre le mur et s'introduit en moi d'une poussée. L'homme doux et tendre a laissé la place à l'homme sauvage que j'aime tout autant. Ses assauts sont brutaux puis tendres ; il me fait perdre la tête. Ma bouche cherche la sienne. Nous faisons l'amour passionnément. Ma main accroche sa nuque, une de ses mains me maintient la taille, je me cambre un peu plus contre lui jusqu'à ce qu'un orgasme nous emporte tous les deux. Nous restons lovés l'un contre l'autre un moment jusqu'à ce que j'aie trop froid pour rester ainsi.

Il sort et m'attend avec une serviette chaude dans laquelle il m'enveloppe comme une enfant. J'adore ces moments simples de tendresse, ces petites attentions. Il me regarde avec son sourire de gosse malicieux :

— À croire que je n'avais pas assez dépensé d'énergie en courant ce matin !

Il me fait un clin d'œil et j'éclate de rire avant de le prendre dans mes bras pour l'embrasser tendrement.

— Vous savez que je ne changerais ma place pour rien au monde, Monsieur Armen ?

— Oh ? Vraiment ? Même pas pour Charlie Hunnam ou Tom Hardy ?

Il sait que je suis fan.

— Même pas pour eux ! Tu es cent fois mieux que les deux réunis...

Je le serre dans mes bras et m'accroche à lui. Il nous amène à la cuisine et me pose sur le plan de travail. Après avoir regardé l'heure, il grimace.

— Quoi ? je lui demande.

— Je crois que je suis en retard !

J'explose de rire.

— Sérieux ! Camille ! Seras-tu à l'heure un jour ?

Il pose un index sur ses lèvres et lève les yeux au ciel en faisant mine de réfléchir...

— Hum... Je ne sais pas... Le jour de notre mariage, peut-être ?

Je relève le visage vers lui, alors qu'il a repris son air de gosse malicieux.

— Qu'est-ce que...

Je reste sans voix.

— Respire, princesse, respire...

— Tu viens de... de...

— Je viens de te dire que j'aimerais me marier avec toi, que tu deviennes madame Armen pour que tous les hommes qui te tournent autour sachent que tu es à moi, pour toujours...

— Cam ! Mais... Tu m'as dit que tu étais contre... et...

Je ne sais pas quoi lui répondre.

— Pas tout de suite, princesse... Pas tout de suite... On va prendre nos marques d'abord...

Il me fait un bisou sur les lèvres, passe son blouson et attrape son casque de moto. Avant de partir, il se retourne vers moi et me lance :

— Ferme la bouche, Louise... On a tout notre temps pour y penser...

Il me fait un clin d'œil et sort. Une seconde plus tard, je sursaute alors qu'il ouvre brusquement la porte à nouveau et qu'il me lance :

— Le mois prochain, tu crois que ça fait trop court pour tout organiser ? Tu y réfléchis ? Je t'aime, future madame Armen !

J'entends son rire qui s'éloigne derrière la porte qu'il vient de refermer. Il me laisse dans ma cuisine, la bouche ouverte et le cerveau sur pause.

Je retrouve mes esprits petit à petit. Madame Armen. Je n'y avais jamais pensé. Je n'ai pas d'idée préconçue sur le mariage, je n'ai jamais été pour, ni contre. Je n'ai jamais réfléchi à cette éventualité, n'en ai jamais parlé avec personne. Et puis je me dis pourquoi pas ?

Mais un visage apparaît : Jonas.

Est-ce que je devrais lui en parler ? Pourquoi j'éprouve le besoin tout à coup de lui demander son avis ? Non, il risque de très mal le prendre, et puis il m'a bien fait comprendre qu'il ne voulait plus me voir. Il faut quand même que j'en parle à quelqu'un. Je pense tout de suite à Lily.

J'ai besoin de l'avis d'une amie qui compte beaucoup à mes yeux...

Elle ne me répond pas. Je continue de travailler en m'installant à mon bureau, et quelques heures plus tard, j'ai ma réponse.

Tu m'intrigues! Dis-moi ce que je peux faire pour toi, ma belle.

Je lui réponds tout de suite :

Camille m'a proposé de faire une chose à laquelle je n'avais jamais pensé, ni en bien ni en mal, auparavant, je ne sais pas quoi répondre...

Que t'as demandé ton prince charmant? De devenir sa princesse pour la vie, de vous aimer et d'avoir beaucoup d'enfants ??

Bordel, elle ne peut pas mieux tomber. Un autre message arrive en suivant :

Si c'est ça, les gars te font dire de foncer, car tu seras une super princesse!

Je me rends compte à l'instant de la connerie que je viens de faire. Elle est avec le groupe ! Et donc... Mon téléphone sonne : Jonas. Je ne réponds pas, je n'ai pas envie de me prendre la tête avec lui. Mais il sonne une nouvelle fois. Comme je ne réponds pas, il continue encore et encore...

Chapitre 12
Jonas

Il faut que je sorte, que je m'éloigne des gars et de Lily qui vient de nous lire son message. Putain ! C'est ça ? Il lui a demandé de l'épouser ? Après quoi ? Quatre mois de relation ? Mais je rêve ! Et en plus, elle ne sait pas quoi répondre et elle demande à Lily ! Non, mais elle se fout de ma gueule là ! Si je l'avais face à moi, je crois que je l'étranglerais sur place. Sous une pulsion, je l'appelle.

— Allez, Louise... Décroche...

Le téléphone sonne dans le vide, je tombe sur sa messagerie. Je la rappelle encore et encore, je n'arrêterai pas tant qu'elle n'aura pas décroché. Je lui laisse des messages à chaque fois, tous plus ou moins sympa...

— Allez, Louise, si tu ne décroches pas, je vais remplir ta messagerie et tu ne pourras plus recevoir de messages... Décroche...

Je continue en laissant des messages plus ou moins longs à chaque fois jusqu'à ce que j'arrive au message que j'attendais : « La messagerie de votre correspondant est pleine... »

J'appelle encore jusqu'à ce qu'elle décroche.

— Putain, Louise !

— Jonas...

— Tu n'as pas le droit de lâcher une bombe pareille et de ne pas répondre au téléphone derrière, t'entends ?

— Très bien merci.

Elle a une petite voix, je lui lâche :

— Alors ? Tu vas te marier avec ce mec après quoi ? Quatre mois ?

— Ça va en faire bientôt huit, Jonas. J'ai fait une erreur en envoyant ce message à Lily. Oublie…

Je la coupe en ayant du mal à contenir mes mots :

— Que j'oublie ? Mais t'es pas sérieuse ? Tu nous annonces que tu vas peut-être te marier avec un mec qui n'est pas moi, et ensuite, tu me demandes d'oublier ? Tu déconnes, Louise, tu sais ?

— Comment ça « qui n'est pas toi » ?

— Tu sais très bien ce que je veux dire. Tu t'imagines ce que ça me fait que tu demandes ça ?

— Jonas… Laisse tomber…

— Je ne pense pas que je vais laisser tomber, non…

— Écoute, Jonas, j'ai demandé à Lily parce que je savais qu'elle allait être franche avec moi et j'avais besoin d'avoir l'avis de quelqu'un…

— Putain, Louise…

Je souffle et allume une clope. Un blanc s'installe entre nous. J'écoute sa respiration et je reprends plus posément :

— Tu as envie de quoi, toi ?

— Quoi ?

— Louise…

— Je ne sais pas, Jonas, de quoi j'ai envie…

Putain, elle ne me facilite pas les choses.

— OK, on va faire simple, tu vas répondre à mes questions, OK ?

— Mouais…

— Est-ce que tu l'aimes ?

Ouf, elle était dure à sortir celle-là… J'attends sa réponse avec impatience, mais je me doute déjà de sa réponse…

— Oui, Jonas, j'aime Camille. Je me sens bien avec lui et...

— C'est bon, c'est bon ! Pas besoin d'en rajouter.

Je souffle. Je sens que je vais regretter toute ma vie ce que je vais lui dire, mais après tout, elle a le droit d'être heureuse, même si c'est avec un autre que moi...

— Dis-lui oui.

— QUOI ?

— Ne me force pas à me répéter, Louise...

Encore un long silence. J'entends son souffle, puis elle se lance :

— Jonas ?

— Hum ?

— Comment vas-tu ?

J'éclate de rire. Non, mais elle est sérieuse ? Elle vient de m'annoncer que son mec vient de la demander en mariage et elle me demande comment je vais ?

— Ça dépend...

— Comment ça ?

— Avant ton message et avant de discuter avec toi, j'allais plutôt bien... Maintenant...

— Je n'aurais jamais dû demander... Je suis désolée.

— Désolée de quoi ? De m'avoir demandé mon avis ? Ou d'accepter sa demande ?

— Je ne sais pas... Pour tout, je pense...

— Je dois bouger. À plus, Louise.

— Jonas ! Attends !

J'attends, mais elle ne me dit rien.

— Sois heureuse, Louise. Adieu.

Je raccroche. Je suis complètement déboussolé. Putain, elle va épouser ce mec ! Et en plus, je lui donne ma bénédiction au lieu de rentrer et de me battre pour la récupérer, pour qu'elle soit à moi… Je suis toujours assis contre mon mur, je rallume une clope et regarde les nuages qui avancent lentement dans le ciel.

Je viens de la laisser filer, je viens de lui dire que j'acceptais sa relation, que je laissais tomber. Alors que je pense tout le contraire. Mais est-ce qu'elle ne sera pas mieux sans moi ? Elle sera beaucoup plus heureuse avec lui. D'après ce que j'ai pu voir de leur relation, c'est un homme aimant, doux, tactile, qui la fait rire et sourire… Et d'après les dires de Lily, il l'aime comme un fou.

Je balance ma clope et me relève pour prendre ma guitare ainsi qu'un papier et un feutre. Je ne veux plus voir les images de Louise et son futur mari devant l'autel à se sourire comme des niais avec plein de gens heureux autour d'eux qui défilent dans ma tête. Il ne manquerait plus qu'elle me demande d'être son témoin !

Je ferme les yeux et mes doigts effleurent les cordes doucement, puis je m'enferme dans ma bulle et commence à jouer, écrire, murmurer une mélodie…

Je suis seul. Et la seule femme qui compte pour moi va en épouser un autre.

Chapitre 13
Louise

« Adieu, Louise. »

Il déconne, j'espère ! Il est hors de question qu'il me laisse, hors de question que je ne le voie plus. J'ai besoin de lui et de sa présence auprès de moi. J'ai toujours mon téléphone en main. Malgré tout ce qu'il ressent pour moi, il m'a dit d'accepter, il s'efface devant Camille alors que je sais très bien qu'il a des sentiments forts pour moi. Mais qu'en est-il des miens envers lui ?

Je souffle et pose mon téléphone sur mon bureau. Ce serait trop compliqué avec Jonas, notre passé est trop lourd. Nous aurions toujours nos frères qui planeraient comme deux ombres au-dessus de nous, de notre relation. Et pourtant, en réfléchissant, je me rends compte que Jonas m'accompagne depuis toujours, que nous avons vécu les mêmes choses, les mêmes drames, qu'il est le mieux placé pour comprendre ce que je ressens vis-à-vis de la perte de Loukas. Mais si je veux être raisonnable, je dois choisir la stabilité avec Camille et ne pas écouter mon corps.

Mais est-ce que j'ai envie d'être raisonnable ?

Je me rends compte que même si tout se passe bien avec Camille, il me manque quelque chose… Il me manque le piquant de Jonas, ses répliques assassines, nos engueulades, nos réconciliations… Tout est lisse avec Camille. Est-ce que j'ai envie d'une vie sans imprévu ? Sans un mot plus haut que l'autre ?

Je dois répondre à Camille, lui dire que c'est trop tôt pour nous marier. Après tout, nous avons tout le temps devant nous, cela ne fait que quelques mois que nous sommes ensemble. Je déciderai par la suite ce dont j'ai vraiment envie. Je dois l'appeler avant de me dégonfler.

— Princesse ? Ça va ? Une bonne nouvelle à m'annoncer ?

— Cam, non… Je…

— Tu peux tout me dire, tu sais ?

— OK, j'ai réfléchi et je pense que c'est un peu tôt pour le mariage…

— …

— Cam ?

— Mais tu m'aimes, non ?

— Bien sûr ! Mais nous sommes ensemble depuis peu de temps, alors je…

Il me coupe la parole :

— Tu lui as demandé son avis ?

Je ne sais pas quoi lui répondre…

— Je…

— Et il t'a dit de ne pas m'épouser ?

— Mais non !

— Louise, mon patient vient d'arriver, on en reparle ce soir.

— Cam, essaie de ne pas rentrer tard, je t'aime.

— Je vais essayer.

Je ne sais plus quoi penser. Il est vexé, je le connais assez pour l'avoir ressenti à travers sa voix. Mais que pouvais-je lui dire ? *Oui ! Je veux t'épouser alors qu'au fond de moi, je sais que ce n'est pas ce dont j'ai envie pour l'instant.* Je pense à Jonas ; que va-t-il penser de cette décision ? Lui qui croit que j'ai accepté.

Je passe mon après-midi à travailler. Je veux m'avancer le plus possible pour passer toute ma soirée avec Camille, pour lui expliquer que le mariage est trop soudain, trop rapide, mais que cela ne m'empêche pas de l'aimer.

Je n'ai pas vu le temps passer, la tête dans un manuscrit. Le soleil est déjà couché et le traiteur que j'ai commandé ne va pas tarder à arriver. Je veux que Camille comprenne que ce n'est pas parce que je trouve l'idée prématurée que je ne l'aime plus. Je file me préparer. Je prends ma douche et enfile mes plus beaux dessous – il adore mon ensemble rouge à dentelle –, ainsi que mes bas, puis passe par-dessus une nuisette noire transparente. Je passe une veste pour ne pas avoir froid en l'attendant – et surtout pour ne pas effrayer le livreur.

La sonnette me sort de mon manuscrit. Le livreur me donne ses recommandations, et je mets tout au four en attendant Camille. Je regarde ma montre, il est presque 20 h et il n'est toujours pas là. Il m'a pourtant dit qu'il finirait tôt. Je prends mon portable pour voir si je n'ai pas un message et je m'assois lorsque je vois que j'ai énormément d'appels manqués. Il était en mode silencieux ! J'ai oublié de le rallumer après avoir travaillé.

Ce qui m'étonne, c'est que j'ai des appels manqués d'un numéro inconnu, huit d'Océane et trois de Marc... Mais aucun message vocal. Je commence à trembler... Océane, Marc... Et Camille qui n'est pas rentré.

J'ai un mauvais pressentiment. J'écoute quand même ma messagerie qui m'indique qu'elle est pleine. J'écoute les messages qui défilent et les effacent au fur et à mesure. Il y en a de très anciens et d'autres, très récents, de Jonas. Énormément en fait. Je ne les écoute même plus et les efface. J'appelle Camille. Après plusieurs sonneries, je tombe sur son répondeur. Je lui laisse un message.

Cam, c'est moi, tu devais rentrer tôt et tu n'es toujours pas là. Rappelle-moi dès que tu as mon message. Je t'aime, Monsieur Armen

Ce mauvais pressentiment ne veut pas s'éloigner. J'appelle Marc. Après plusieurs sonneries, sa messagerie se met en route. J'appelle Océane qui ne me répond pas non plus.

— Putain ! je hurle.

Je file dans ma chambre et m'habille avec les premiers vêtements qui me tombent sous la main. Un jean, un tee-shirt et un sweat à capuche. J'enfile mes chaussures et m'arrête. Mais pour aller où ?

Je ne sais pas quoi faire. Je suis assise, prête à partir. Il est arrivé quelque chose, je le sais, je le sens. Je vérifie mon téléphone encore une fois, je n'ai pas d'autres appels, mais je vois un numéro que je ne connais pas. Je décide de l'appeler. Mon cœur bat à tout rompre lorsque quelqu'un décroche au bout du fil :

— Lieutenant Borderie, je vous écoute ?

Mon cœur s'arrête de battre.

— Allô ?

Je me reprends :

— Bon… Bonjour, vous avez essayé de m'appeler il y a une heure et… Je…

— Votre nom ?

— Je m'appelle Louise…

— Très bien, Louise, je vous ai appelée, car vous étiez notée comme ICE dans le portable de… Monsieur Armen.

Mon cœur s'arrête à nouveau.

— Camille ? Mais... que...

— Écoutez, il a eu un grave accident de moto, il a été conduit à l'hôpital.

— ...

— Vous êtes toujours là ?

— Je... Oui... C'est grave ?

— Je vous conseille de vite le rejoindre. Bon courage, madame.

J'ai froid, mes mains tremblent, je ne sais pas où j'en suis. Je dois bouger, me rendre à l'hôpital, mais mon corps refuse de m'obéir. Je me rends compte que je tiens toujours mon téléphone en main alors qu'il n'y a plus personne au bout. Je suis tombée sur le sol, les larmes coulent sur mes joues. Camille. Je ne sais plus quoi faire, mon esprit est embrouillé. Je dois le rejoindre. Je prends mon sac et mes clés, monte dans ma voiture et me dirige vers l'hôpital. Je ne sais pas comment j'y arrive, mais lorsque j'entre dans le hall, l'odeur, l'ambiance, les blouses blanches... Je me retrouve quelques mois en arrière, je me revois suivre les pompiers qui poussent le brancard avec Loukas dessus qui gémit de douleur. Je les revois passer les portes en m'ordonnant de rester à attendre seule. Je reste figée dans ce hall, j'ai froid, j'attrape des frissons... J'ai une impression de déjà-vu. Mais je ne veux pas revivre ça, je ne veux pas ressentir la sensation de perte à nouveau. Je n'y survivrai pas. Pas encore.

— Ma jolie ? Ça va aller ?

Je me retourne vers cette voix qui m'est familière et ne peux m'empêcher de sourire malgré mes larmes. C'est Dolores, l'infirmière que j'ai croisée déjà plusieurs fois, celle qui est restée avec moi la nuit de la mort de Loukas.

C'est elle aussi qui s'est occupée de Jonas lorsqu'il a fait son coma éthylique.

Elle se met face à moi et me prend les épaules en me secouant un peu.

— Louise ? Réponds-moi !

Je relève les yeux hagards vers elle et lui dis :

— Je viens voir Camille... Il a eu un accident... moto...

— Allez viens.

Elle m'amène près du comptoir et me donne une chaise pour que je m'assoie.

— Son nom de famille ? elle me demande en fixant son écran.

— Armen, Camille Armen...

Elle tourne les yeux vers moi, regarde à nouveau son écran et me fixe avec les lèvres pincées. Elle s'accroupit devant moi.

— Ma jolie, il est au bloc pour l'instant. D'après les informations que j'ai, il a eu un grave accident de moto, mais ses jours ne sont plus en danger, d'accord ? Alors, détends-toi.

Je souffle. Je m'aperçois que j'avais bloqué ma respiration pendant qu'elle me donnait de ses nouvelles.

— Je vais te chercher un café et t'accompagner dans la salle d'attente, OK ?

Je hoche la tête et la suis lorsqu'elle revient vers moi. Elle m'informe qu'elle me donnera de ses nouvelles dès qu'elle en aura et me conduit vers la salle d'attente.

— Louise !

Je me retourne pour voir Océane et Marc qui se dirigent vers moi, les yeux rougis d'avoir trop pleuré.

— On a essayé de te joindre, mais tu ne répondais pas et....

Océane me prend dans ses bras et pleure contre moi. Marc pose sa main sur mon épaule et la serre avant de s'écrouler sur une chaise. Je vais me poser à côté de lui, Océane s'installe sur ses genoux.

— Tu sais comment c'est arrivé ? je lui demande.

Il relève ses yeux rougis vers moi, je vois des larmes qui commencent à rouler sur ses joues. Son bras serre la taille de sa fille contre lui, sa main caresse ses cheveux pour la consoler. Voir ce grand gaillard pleurer m'émeut, il a l'air si fort d'habitude…

— Il était sur l'autoroute, sur la voie de gauche, il doublait quand une voiture s'est déportée devant lui pour doubler une autre voiture… Elle… elle lui a coupé la route et… il n'a pas pu l'éviter…

Océane se relève et crie :

— Un vieux con qui ne sait pas conduire ! Il ne l'avait pas vu ! Tu te rends compte, ce connard a plus de 80 ans ! Mais lui, il s'en sort sans une seule égratignure !

— Océane… lui dit Marc.

— Non ! Je suis écœurée, tu comprends ! Écœurée qu'un vieux con puisse s'en sortir indemne alors qu'il a provoqué un accident, il a failli le tuer ! hurle Océane qui sort de la salle en pleurs.

Les gens qui avaient levé les yeux vers nous regardent ailleurs, ils comprennent toute sa douleur. J'essaie de me contenir, je prends la main de Marc dans la mienne, et nous patientons. Océane ne revient pas, mais Dolores est venue me dire qu'elle était devant l'entrée, au téléphone, et que Camille était toujours au bloc. Je la remercie avec un sourire et me cale dans mon siège, la tête de Marc sur mon épaule.

Chapitre 14
Louise

Je regarde le corps endormi de Camille ; il a des perfusions, un masque pour l'aider à respirer, mais on m'a appris que c'était juste par précaution. Marc et Océane sont rentrés se reposer un peu le temps que Camille se réveille. Je n'ai pas voulu partir, je veux rester près de lui, le regarder, le toucher. Il a l'air si paisible ainsi. Je sais qu'il est sorti d'affaire. Ses jours ne sont plus en danger. Mais comment va-t-il réagir, l'homme sportif, super actif qui aime la moto et l'adrénaline, lorsqu'il va apprendre son état ?

Paraplégique.

C'est le mot qu'a employé le médecin qui est venu nous voir après son opération. Marc et Océane ont hurlé « Non ! » Quant à moi, je suis restée sans voix. J'ai posé ma main sur ma bouche, et nous avons pleuré.

Je ne peux détacher mes yeux de son visage. Je veux être près de lui lorsqu'il va se réveiller, je veux être à ses côtés, l'aider à surmonter cette épreuve. Je l'aime et je ferai tout pour le soutenir, je suis sa compagne et c'est mon devoir, je ne vois pas les choses autrement. Qu'il soit valide ou paraplégique, pour moi, il est le même homme. Je prends sa main dans la mienne et pose ma tête sur le matelas. Je laisse mes larmes couler, je me laisse aller pendant que personne n'est là pour me voir. Je veux être forte pour lui, ne pas lui montrer à quel point je suis triste de le voir ainsi.

Le médecin nous a dit qu'il aurait besoin de soutien et de personnes fortes pour l'entourer…

Une caresse sur mes cheveux me fait relever la tête. Je me suis endormie. Je me relève et croise les yeux caramel de Camille, qui me sourit tristement. Il a enlevé son masque qui l'aidait à respirer. Je m'approche de lui et pose mes lèvres sur les siennes.

— Bonjour…

— Bonjour.

Sa voix est rauque. Je lui donne un verre d'eau après avoir calé quelques coussins dans son dos. Il me le rend et repose sa tête contre. Je lui caresse les cheveux.

— Comment te sens-tu ?

Il me sourit tristement.

— Comme un homme qui vient d'avoir un accident…

Je me penche pour l'embrasser à nouveau. Sa langue caresse doucement la mienne, sa main passe derrière ma nuque pour me rapprocher de lui. Il grogne, je me recule.

— Je t'ai fait mal ?

Il tourne la tête de gauche à droite et me sourit, puis me demande :

— Alors, le diagnostic ?

Il lève le drap qui le recouvre en même temps. Je ne sais pas quoi lui dire.

— Je vais chercher le médecin, il sera plus à même de t'expliquer.

Je regarde le sol et sa main saisit mon poignet :

— C'est si moche que ça ?

Je n'ose toujours pas le regarder. Mes larmes coulent, mais je n'arrive pas à les retenir.

— Louise…

Il fait bouger ses mains, ses bras, touche son torse, regarde à nouveau sous le drap, et je vois à travers mes larmes qu'il force, que ses yeux se plissent.

— Putain ! Louise… Qu'est-ce que le médecin a dit pour mes jambes ?

— Je… Je…

J'éclate en sanglots, je renifle, je ne sais pas quoi lui dire, j'ai peur de sa réaction. Je regarde partout sauf ses yeux, mais il m'attrape le visage et me tire vers lui.

— Louise, je peux tout entendre… Dis-moi ce que t'ont dit les médecins… S'il te plaît.

Je renifle encore, mes larmes coulent toujours, les mots ne veulent pas sortir, mais ses yeux me supplient de lui dire.

— Paraplégie.

Il ouvre grand les yeux pour aussitôt les refermer. Sa main se crispe sur mon visage puis il me relâche et pose sa tête sur son oreiller. Je vois ses larmes couler, ses yeux sont toujours clos. Je ne sais pas comment réagir, je m'approche de lui, mais il tend sa main vers moi pour m'arrêter.

— Tu peux appeler le médecin ? il me demande sans me regarder.

— J'y vais.

Je prends sa main et fais une bise dessus. Je trouve une infirmière dans le couloir qui s'empresse d'appeler le médecin lorsque je lui dis que Camille vient de se réveiller. Je retourne dans la chambre et l'observe ; il a la tête tournée vers l'extérieur, les yeux dans le vide. Je m'approche de lui, il tourne la tête vers moi. Son regard a changé, il ne semble plus être le Camille que je connais. Je monte sur le lit et me colle à son corps, il ne bouge pas.

— Je t'aime Camille… Je t'aime et je vais t'aider à surmonter tout ça, tu n'es pas seul…

Je frotte mon nez à son cou, sa main se pose sur ma joue.

— Je sais, Louise, je sais…

L'arrivée du médecin me fait sursauter.

— Monsieur Armen.

Camille s'assoit dans son lit pendant que je me lève pour me placer à côté de lui.

— Je vous écoute, dit-il au médecin.

— Bien. Vous avez eu un grave accident de moto. Votre moelle épinière a été touchée, ce qui entraîne une paraplégie des membres inférieurs.

Camille hoche la tête puis demande au médecin :

— Partielle ou complète ?

Le médecin fronce les sourcils.

— Je suis kinésithérapeute et sportif de haut niveau, alors…

— Eh bien, nous ne sommes pas fixés pour l'instant, il va falloir procéder à d'autres examens et nous en saurons plus après. Une infirmière va passer vous voir, je reviendrai plus tard dans la journée pour les examens complémentaires. Reposez-vous en attendant, Monsieur Armen.

— Merci.

Alors que le médecin part, je me rapproche de Camille. Il tourne le visage vers moi et me dit tout doucement :

— Tu peux me laisser un peu seul, princesse ? J'ai besoin de digérer un peu tout ça…

Il regarde à nouveau par la fenêtre.

— Je repasse un peu plus tard, je vais appeler Marc et Océane.

Je sors sans qu'il ait un seul regard vers moi. Il est perdu dans ses pensées.

Océane et Marc m'ont rejoint, et nous attendons devant la chambre que le médecin accompagné d'infirmières en sortent. Océane a les yeux rouges, des cernes sous les yeux, j'imagine qu'elle n'a pas beaucoup dormi. Marc est dans le même état, même s'il ne le montre pas, je sais qu'il a eu très peur, et que tout comme moi, il a du mal à accepter que Camille soit paraplégique.

Le médecin sort de la chambre suivie de Dolorès qui me sourit tristement. Ils s'avancent vers nous.

— Vous êtes de la famille ?

Nous hochons tous les trois la tête.

— Bien, suivez-moi dans mon bureau, je dois vous parler de quelque chose d'important.

Nous nous regardons tous les trois et je vois qu'Océane fixe la porte de la chambre. Je regarde Marc ; nous pensons la même chose. Il s'avance vers elle et lui pose la main sur l'épaule.

— Ma puce, tu devrais y aller, je suis sûr qu'il sera heureux de te voir.

Elle hoche la tête puis me regarde.

— Louise… Comment… enfin ? Je ne sais…

Je lui souris.

— Comporte-toi normalement avec lui, c'est toujours ton oncle Camille.

— OK, elle s'avance vers la porte et entre après avoir soufflé.

Nous suivons le médecin quelques couloirs plus loin et entrons dans son bureau. Après s'être assis, le médecin se racle la gorge puis relève la tête vers nous.

— Bien. Comme vous le savez, à la suite de son accident, la moelle épinière de Monsieur Armen a été touchée.

— Qu'est-ce que cela signifie concrètement ? demande Marc en s'avançant sur sa chaise.

Le médecin nous regarde tous les deux, prend un livre et le tourne vers nous :

— Pour faire simple, dit-il en plaçant le bout de son stylo sur un dessin, la moelle épinière est la voie de communication entre le cerveau et le reste du corps. Chaque étage de la moelle contient des centres nerveux spécifiques. Ils ont pour rôle de commander le mouvement d'un groupe musculaire précis et d'une zone définie comme les articulations, les muscles…

Nous hochons la tête tous les deux pour lui signifier que nous avons compris, et il continue :

— Lors de son accident, la moelle épinière de Monsieur Armen a été touchée. Il s'en suit généralement une paraplégie partielle ou complète. Lors d'une paralysie partielle, le patient ressent le chaud, le froid, peut bouger une de ses jambes, alors qu'avec une paralysie complète, le patient ne ressent aucune sensibilité et n'a aucune motricité au niveau des jambes.

— Et pour Camille ? je lui demande doucement pressentant le pire.

— Pour Monsieur Armen, après plusieurs examens, il s'agit d'une paralysie complète, il n'a plus aucune sensibilité au niveau de ses jambes.

— Putain ! Je ne comprends pas ! crie Marc en se levant.

Le médecin très calme lui demande :

— Que ne comprenez-vous pas ?

Marc tourne en rond dans le bureau et répond au médecin plus calmement :

— Je ne comprends pas comment un homme au sommet de sa forme, sportif de haut niveau puisse… puisse…

Je vois les larmes affluer dans ses yeux, les miennes coulent en le regardant, en voyant la souffrance de ce grand colosse lorsqu'il pense à son beau-frère. Il relève les yeux vers le médecin en se rasseyant et lui dit tout doucement entre deux sanglots :

— Il vient de faire la diagonale des fous... Il... il a terminé dans les 200 premiers... sur 2200 concurrents... Pourquoi lui ? Pourquoi ?

Il renifle. Je lui tends un mouchoir qu'il prend en s'excusant. Je pose ma main dans son dos et lui caresse pour qu'il se calme. Après un moment, je demande :

— Quelles vont être les conséquences dans sa vie, dans notre vie ?

— Sachez que c'était un accident, Monsieur Armen était bien protégé, ce qui n'est pas le cas de tous les motards. Si ça n'avait pas été le cas, il ne serait plus parmi nous. Ensuite, il faut que vous sachiez que la paraplégie touche n'importe qui : sportif, sédentaire, jeune, moins jeune... Monsieur Armen va avoir beaucoup de rééducation, il va devoir apprendre à se déplacer en fauteuil roulant. Sa vision de la vie va changer.

Il nous regarde à tour de rôle et reprend :

— Sachez que le plus dur pour Monsieur Armen, et pour vous, va arriver.

— Comment ça ? lui demande Marc.

— Il va avoir un moment de refus, il ne va pas accepter son état, il va rejeter tout le monde, il va se sentir diminué, surtout si vous me dites que c'est un très grand sportif... Son humeur va être très changeante, il va vous serrer dans ses bras, et une seconde après, vous rejeter. Ses facultés intellectuelles sont les mêmes, mais toute sa vie sociale va être remise en cause...

Il relève les yeux vers moi :

— Vous allez devoir l'aider, mademoiselle, vous allez devoir le soutenir, même s'il ne le veut pas.

— Et physiquement ? Je veux dire, vous savez… Qu'est-ce que cela va changer ?

Marc se retourne vers moi étonné. Mes joues sont rouge écarlate, je regarde le sol. J'entends le petit rire du médecin.

— Ne soyez pas gênée, c'est la première question qui m'est posée par les patients dans ce cas. Disons qu'il pourra avoir une vie sexuelle, mais il faudra l'aider avec quelques piqûres avant l'acte…

— Oh…

Est-ce que Camille est au courant ? Comment a-t-il réagi à cette annonce ? Puis je me tape la tête. Mais quelle conne ! Il est kiné ! Il doit très bien savoir ce qu'il en est de son état !

— Il y a autre chose que vous devez savoir…

Marc et moi nous regardons puis fixons le médecin :

— Il va souffrir physiquement bien sûr : contractures, engourdissements, faiblesse musculaire, troubles urinaires, escarre… Mais le plus dur pour lui sera psychologiquement. Vous devrez lui montrer que malgré son handicap, vous serez toujours auprès de lui, même si je vous l'ai dit tout à l'heure, son humeur sera changeante…

Nous sortons du bureau sans un mot avec la carte du médecin en main. Nous nous asseyons sur un banc avant de rejoindre la chambre de Camille. Nous avons besoin de respirer, de digérer toutes ces informations. Je pose ma tête sur l'épaule de Marc qui passe son bras derrière ma taille. Nous restons ainsi un moment et pleurons en silence. Nous évacuons toute notre tristesse avant de retourner voir Cam. Nous devons être forts devant lui, même si au fond de nous, nous sommes dévastés.

Lorsque nous arrivons devant la chambre, nous trouvons Océane qui pleure assise sur le sol, ses écouteurs dans les oreilles. Marc s'avance et s'assoit auprès d'elle alors que je reste debout devant eux. Elle tourne la tête vers son père qui lui demande :

— Comment te sens-tu ?

— Je n'y suis pas arrivée...

Elle pleure de plus belle en se jetant dans ses bras.

— À quoi, ma chérie ?

— À ne pas pleurer en le voyant ! Je n'ai pas pu ! C'est lui qui m'a pris dans ses bras pour me consoler alors que ça aurait dû être l'inverse, non ?

Elle serre son père dans ses bras et continue de pleurer en silence pendant qu'il la berce. Je lui fais un signe de la tête vers la chambre. Il hoche la tête et je m'avance pour rejoindre Cam. Lorsque je referme la porte, le visage de Cam se tourne vers moi. Il me sourit tristement. J'ai un pincement au cœur en le voyant. Où est passé l'homme souriant et enjoué ? Je m'avance vers lui et lui fais un baiser sur la bouche. Je veux plus, mais il me repousse gentiment. Je fronce les sourcils, mais ne relève pas.

— Comment va Océane ? Tu l'as vue ? il me demande inquiet.

Je m'assois sur le lit et lui prends la main, j'ai besoin de le toucher.

— Elle est avec Marc.

— Elle pleure toujours ?

— Camille...

— Putain... il passe la main sur son visage.

Je le regarde, je ne sais pas vraiment quoi lui dire. C'est vrai, quoi ! Qu'est-ce qu'il faut dire dans ces moments-là ? J'enlève ma main de son visage pour qu'il me regarde, mais il détourne ses yeux rougis vers la fenêtre. Je pose ma main sur sa joue et tourne son visage vers le mien.

— Écoute, tu n'y es pour rien dans cet accident. Océane a juste du mal à accepter tout ça, ce n'est qu'une ado.

Il ferme les yeux.

— Camille, regarde-moi.

Il ne les ouvre pas, mais je continue quand même.

— Camille, je t'aime, je suis là, je vais t'aider à surmonter cette épreuve. Marc et Océane sont là aussi. Tu n'es pas seul, tu sais ?

Il souffle. Mon cœur se serre de voir des larmes couler à travers ses yeux clos. Je continue tendrement :

— Et puis, c'est mon devoir de te soutenir, non ?

Ses yeux s'ouvrent brusquement :

— Quoi ?

— C'est mon devoir de te soutenir, Cam, je t'aime.

Tout à coup, il me repousse et me crie :

— Non, mais tu plaisantes ?

Je reste bouche bée devant tant d'hostilité envers moi.

— Cam, je ne comprends pas…

— Tu n'es pas sérieuse ? Tu veux rester avec moi ? Tu as vu dans quel état je suis ? Tu veux faire ta vie avec un infirme ? Tu veux passer ta vie à pousser un fauteuil roulant ? À me faire des piqûres dans la queue pour pouvoir baiser ? À te dire que tu n'auras jamais d'enfant ?

Mes jambes ont du mal à me porter. Je suis debout face à lui, les larmes coulent sur mes joues. Je suis choquée par ses paroles. Jamais il ne m'avait parlé sur ce ton, jamais il ne s'était vraiment mis en colère… Mais il ne s'arrête pas. Je l'écoute en silence ne sachant pas quoi lui répondre.

— Je ne veux plus faire ma vie avec toi, Louise.

Mon cœur se déchire, mon souffle se coupe. J'ai du mal à respirer. L'homme qui est étendu sur ce lit n'est pas l'homme qui m'a quittée ce matin. Je l'observe alors qu'il regarde à nouveau à l'extérieur, je sens la colère s'immiscer en moi.

— Alors c'est ça ?

J'ai élevé la voix pour qu'il se retourne vers moi.

— C'est ça, Cam ? Tu abandonnes ? Tu décides à ma place ?

— Putain, Louise ! Mais regarde-moi !

— Oui, je te regarde ! Et pour moi, tu es toujours le même, tu es toujours le Camille que j'aime et avec qui je veux passer le reste de mes jours !

— Bordel ! il passe les mains dans ses cheveux.

— Il est où, hein ?

— De quoi parles-tu ?

— Je te parle du Camille combattant ! Du Camille qui disait à ses petites patientes qu'elles étaient des super-héros ! Du Camille qui ne laissait jamais tomber ? Il est passé où ? DIS-MOI !

Je sursaute lorsqu'une main se pose sur mon épaule. Mon cœur bat à toute vitesse. Je me rends compte que je tremble, que des larmes parcourent ma peau.

— Il est mort sur la route, Louise. Ce Camille n'existe plus.

Il tourne la tête vers la fenêtre. C'est trop pour moi. La main de Marc se presse un peu plus sur mon épaule, et je me jette dans ses bras. Il me caresse le dos et m'entraîne à l'extérieur. Je m'assois sur une chaise. Mon cœur vient de se briser. Encore une fois.

— Louise…

Je ne veux pas répondre, je ne peux pas. *Il est mort sur la route Louise, ce Camille n'existe plus.* La tristesse m'envahit, mais Marc me relève le visage.

— Louise, souviens-toi de ce que le médecin nous a dit : il faut lui laisser le temps d'encaisser tout ça, son humeur peut changer en quelques minutes… Tu dois être forte et persévérer. Il t'aime comme un fou, il t'a proposé de l'épouser…

— Et j'ai refusé…

Je lui souris et ferme les yeux. J'ai besoin de me reposer, je suis fatiguée.

— Je vais rentrer.

— Va te reposer, Louise. Je te tiens au courant, je vais passer un peu de temps avec lui.

Je me lève et me dirige vers la sortie quand je croise Dolores qui me sourit.

— Comment te sens-tu, ma jolie ?

Je hausse les épaules, je ne sais pas comment je me sens.

— Il m'a jeté… Ce matin, il voulait m'épouser, et maintenant, il ne veut plus entendre parler de moi…

Je me jette dans ses bras, et elle me serre en me berçant.

— Tu sais, elle me dit doucement, il a une réaction normale après un accident comme le sien. Tu dois persévérer, et aussi lui laisser un peu de temps pour s'accepter tel qu'il est à présent.

Elle m'écarte d'elle en posant ses mains sur mes épaules et me regarde droit dans les yeux.

— Tu es une femme forte, je le sais. Tu as toujours su faire face malgré les épreuves.

— Pff, tu parles !

— Ma jolie, je t'ai vu surmonter le décès de ton frère seule, je t'ai vu affronter la crise de colère de ce beau jeune homme alors que personne n'y arrivait…

Je la coupe :

— Jonas ?

— Oui, je crois, le beau brun qui a aussi perdu son frère…

Je hoche la tête et regarde mes pieds. Elle me relève le menton et me sourit.

— Je te le redis : tu es une femme forte. Et je sais de quoi je parle, je vois des personnes différentes défiler ici tous les jours, alors j'en connais plus que quiconque sur la nature humaine et je sais reconnaître les gens forts. Et tu en fais partie.

Mes larmes coulent le long de mes joues. Elle reprend :

— Ne laisse pas tomber. N'abandonne pas si facilement. Pas sans te battre, OK ?

— OK.

Elle me reprend dans ses bras et me chuchote :

— Si tu as besoin, je suis là, ma jolie.

Nous nous écartons l'une de l'autre et elle me fait un signe de la tête vers l'extérieur.

— Cela fait un moment qu'elle est dehors… Elle va avoir besoin de toi, elle aussi…

Je lui souris en la remerciant et file rejoindre Océane à l'extérieur qui parle au téléphone.

— … ne rien faire pour rentrer plus tôt ?

Elle est dos à moi et semble dépitée.

— Mais j'aimerais tant que tu sois là, tu sais, il n'y a qu'avec toi que je peux me lâcher sans que tu me juges…

Elle fait les cent pas, hoche la tête de temps en temps. Je l'observe en m'asseyant sur une marche.

— Ok Jo… Je te tiens au courant… Oui… Je lui dirai.

Elle raccroche et se retourne vers moi. Une fois sa surprise passée de me voir près d'elle, elle vient s'asseoir à côté de moi.

— Tu veux rentrer ? je lui demande.

— Comment va-t-il ?

Je pose ma tête sur son épaule.

— Pas bien… Pas bien du tout…

Mes larmes coulent malgré moi. Nous restons ainsi un moment à regarder le ballet des ambulances et des pompiers, puis rentrons à la maison.

Océane file dans ma chambre alors que je m'assois devant la table que j'avais préparée avant de partir. Le couvert est mis pour deux, les bougies ont fondu, et le repas est toujours dans le four. Il fait nuit dehors, je ne sais pas quelle heure il est. J'ai juste un trou béant dans la poitrine. Je vais m'asseoir sur la terrasse et regarde les étoiles en pleurant. Mon téléphone sonne à l'intérieur, mais je n'ai pas la force de me déplacer pour répondre. Je n'ai envie de rien pour l'instant, de ne plus penser à rien, à personne, ni à ce qu'il vient d'arriver à Camille, ni à mon futur… Rien. Je suis vide.

Chapitre 15
Jonas

Je balance mon téléphone sur le lit. Elle ne répond pas, pourtant je suis sûr qu'elle est réveillée. J'hésite à appeler Océane, mais je ne sais pas si elles sont ensemble. Je regarde l'heure : quatre heures. Elle doit peut-être dormir.

Lorsqu'elle m'a appelé tout à l'heure, je n'y ai pas cru. Je pensais qu'elle me racontait des conneries comme sait si bien le faire une ado de 17 ans, mais elle pleurait tellement, il y avait tellement de douleur dans sa voix entrecoupée de sanglots… Alors elle m'a raconté avec colère l'accident de son oncle, sa paraplégie annoncée, sa douleur de ne pas pouvoir être utile. Et quand je lui ai demandé pour Louise, elle m'a dit qu'elle ne savait pas comment elle allait.

C'est marrant à quel point en quelques mois, cette gamine s'est rapprochée de moi. Elle m'appelle souvent. Pour tout ou rien. Souvent pour avoir des conseils sur les garçons qui veulent un peu trop se rapprocher d'elle physiquement. Quand je pense qu'elle m'a demandé, à moi ! Mais j'ai fait des efforts, j'ai agi comme un grand frère. J'ai essayé de la rassurer dans ses moments de doute, de la consoler lorsqu'elle était triste. Et puis un soir elle m'a demandé pourquoi je ne lui posais jamais de question sur sa canne. Je lui ai expliqué que je ne voulais pas m'immiscer dans son passé.

Elle m'a tout raconté : l'accident de voiture, le décès de sa mère qui était au volant, elle qui était du côté passager. L'attente des secours, les derniers mots de sa mère, son dernier souffle. Son impuissance face à la personne qu'elle aime le plus au monde qui meurt sans qu'elle ne puisse rien faire pour la sauver. Sa douleur physique, puis psychologique. Elle n'avait que onze ans. À ce moment-là, j'ai su. J'ai revu le visage de Jack qui me suppliait de l'aider, qui pleurait de douleur, mais je ne pouvais rien faire pour le sortir de cette voiture accidentée, pour le sauver, à part lui tenir la main et lui parler. Océane et moi nous sommes rapprochés un peu plus depuis qu'elle s'est confiée. Elle est mon Jack que je protège, je suis sa mère à qui elle se confie.

Je regarde mon portable que j'ai en main et décide d'essayer encore une fois. J'ai besoin de savoir comment elle va. Après tout, elle était sur le point de l'épouser. Est-ce que cela va changer quelque chose entre eux ? Après plusieurs appels, elle décroche enfin.

— Oui ?

— Louise… Tu vas bien ?

Je l'entends renifler. Mon cœur se serre.

— Il m'a jetée, Jonas… Ce matin, il voulait m'épouser, et là, il ne veut plus de moi…

— Quoi ? Je ne comprends pas.

Je l'entends souffler, renifler, mais après un moment elle me répond :

— Il ne veut pas m'imposer sa paraplégie… Il ne veut plus de moi, Jonas.

Je l'entends pleurer, je me sens con, je ne sais pas quoi lui répondre. Alors je fais la seule chose que je sache faire, je chante pour elle.

Sous la lumière en plein
et dans l'ombre en silence
Si tu cherches un abri

inaccessible
Dis-toi qu'il n'est pas loin et qu'on y brille
À ton étoile
Petite sœur de mes nuits
ça m'a manqué tout ça
Quand tu sauvais la face
à bien d'autres que moi
Sache que je n'oublie rien, mais qu'on efface
À ton étoile
Toujours à l'horizon
des soleils qui s'inclinent
Comme on n'a pas le choix, il nous reste le cœur
Tu peux cracher même rire, et tu le dois
À ton étoile

Je l'entends renifler une nouvelle fois.

— Merci, Jonas.

— Est-ce que tu veux en parler ?

— Avec toi ? elle me demande surprise.

Je lui murmure :

— Il paraît que je suis un bon ami…

— Je ne sais pas quoi faire ni quoi penser…

Je la laisse m'expliquer ce que lui a dit le médecin. L'état de santé et l'état psychologique de Camille, ses peurs, ses envies… Je la laisse parler de ses états d'âme. Elle déverse tout ce qu'elle peut, et je l'écoute, sans l'interrompre. Je comprends. Je comprends à quel point elle est attachée à lui, à quel point elle l'aime quand même et qu'elle fera tout pour lui faire entendre raison. Après un long silence :

— Jonas ? Tu es toujours là ?

— Toujours…

— Je suis désolée, tu dois avoir mieux à faire que…

— Louise ! Il est cinq heures du mat', et à part dormir…

— Oh… Pas de femme dans ton lit ?

Je ris, malgré ce qu'elle vient de vivre, elle me parle de ça. Mais je décide de jouer franc jeu avec elle.

— Pas depuis longtemps, non…

— Quoi ? Sérieux ?

— Très.

Un silence s'installe entre nous. Un silence apaisant. Seuls nos souffles se font entendre. Nous sommes présents l'un pour l'autre.

— Jonas…

— Dis-moi.

— Vous rentrez quand ?

— Dans quinze jours. Nous avons encore plusieurs concerts et rendez-vous à honorer.

— Oh.

Je la sens déçue.

— Est-ce que tu veux que je rentre plus tôt ?

— Non ! Bien sûr que non !

— Louise, si tu as besoin de quoi que ce soit, tu sais que tu peux m'appeler ?

— Je sais, je vais aller me reposer.

— Bonne nuit, Louise.

— À bientôt, Jonas.

Je reste étendu sur mon lit à regarder le plafond, les bras derrière la tête, et je pense à elle. Comment ce mec peut-il la rejeter ? Il lui a demandé de l'épouser, et maintenant il la rejette ? Je ne comprends pas. Ou plutôt si, je comprends très bien d'après ce que m'a dit Louise, mais lorsqu'on a une femme comme elle a ses côtés, on devrait pouvoir tout surmonter, non ? Je me relève, m'habille et file dans la chambre de Jim. Il sursaute en me voyant entrer comme un fou.

— Putain, Jonas !

Une forme grogne à côté de lui. Si moi, je n'ai plus personne dans mon lit, lui ne se gêne pas.

— Je dois bouger, file-moi les clés de la caisse.

— Tu vas où ?

— Une urgence !

Il se lève à moitié endormi, me donne les clés et me crie lorsque je sors de la chambre :

— On joue dans deux jours !

— Je serai là !

Je roule jusqu'à l'aéroport et embarque dans le premier avion. Je n'ai même pas pris de sac, juste mes papiers. Je n'ai pas l'intention de traîner, car je dois être de retour dans deux jours pour le concert.

Je monte dans le taxi et lorsqu'il me demande l'adresse, j'hésite un instant puis lui donne l'adresse de l'hôpital. Ce mec ne me connaît pas, et je ne le connais pas non plus. Mais je connais Louise, et il est hors de question qu'il lui fasse du mal, paraplégique ou non.

Lorsque j'arrive devant la porte de la chambre après avoir demandé à l'accueil, je me sens con, vraiment. Qu'est-ce que je vais pouvoir lui dire ? Puis j'entends un cri et des choses que l'on balance au sol derrière la porte.

— Putain !

— Cam ! Tu te rends compte de ce que tu lui fais ? Elle t'aime comme un fou ! Tu l'aimes aussi !

— Justement ! Je l'aime trop !

J'entends encore des choses qu'on balance.

— Dégage ! Laisse-moi !

J'entends un bruit étouffé.

— Barre-toi !

Une main serre la mienne, et je croise le regard rougi d'Océane. Je la prends dans mes bras alors qu'elle déverse sa tristesse contre mon torse.

— Je suis si heureuse que tu sois là, Jo…

Je suis devenu si proche d'elle, je ne sais pas comment, mais elle apporte un peu de fraîcheur dans ma vie, elle est si nature et impulsive. Je sais qu'elle me confie beaucoup de choses qu'elle n'ose pas demander ou dire à son père, alors je la berce en lui caressant les cheveux.

La porte s'ouvre sur lui. Il m'observe puis regarde sa fille. Il est blanc, les yeux rougis pleins de larmes. Il pose une main sur son épaule, et elle lui sourit en s'écartant de moi.

— Papa, c'est Jonas… Tu sais ?

— Oui, je sais…

Il me regarde puis me demande :

— Qu'est-ce que tu fais ici ? Louise n'est pas là.

Je le regarde dans les yeux.

— Je ne suis pas ici pour Louise. Enfin, si, mais pas pour ce que tu crois.

Il fronce les sourcils, et je me décide à lui expliquer.

— Écoute, je viens de faire je ne sais pas combien d'heures de voiture et d'avion pour lui parler, alors laisse-moi passer.

Il se place devant la porte. Il est beaucoup plus grand et carré que moi, mais je m'en fous, je n'ai pas fait le déplacement pour rien. Je m'avance vers lui, mais il me défie du regard. Je continue jusqu'à ce que mon corps frôle le sien et je lui lâche :

— Qui de mieux que moi peut lui parler de Louise ? Qui de mieux que moi la connaît ? Qui de mieux que moi peut lui faire comprendre que pour elle, il n'y a que lui ? Qui de mieux que moi peut le faire changer d'avis ?

Je vois passer dans son regard de l'incompréhension. Puis il me dit :

— Je croyais que Louise et toi…

Je le coupe :

— Écoute, nous avons un lourd passé ensemble, je l'ai aimée, je l'aime comme un fou…

— Alors pourquoi ?

— Mais justement ! Je l'aime tellement que je veux qu'elle soit heureuse…

Il baisse les yeux et s'efface devant moi en ouvrant la porte.

Mon cœur bat un peu plus vite, mais je me dis que je suis là pour la bonne cause, que je suis là pour elle. Camille tourne la tête vers moi lorsque je passe la porte. Je vois une pointe d'incompréhension sur son visage qui laisse très vite la place à de la colère. Il me rentre dedans :

— Tu es venu te repaître du spectacle ?

Je ferme la porte, croise les bras sur mon torse et le regarde dans les yeux :

— Non.

— Qu'est-ce que tu fous là alors ?

— Je suis là pour elle.

Il est étonné de ma franchise puis secoue la tête :

— Eh bien, félicitations ! Tu vas pouvoir te remettre avec elle, je l'ai quittée.

— Je sais.

— Tu es heureux, non ?

Je prends une chaise à côté de son lit, la retourne et m'assois à califourchon dessus.

— Je crois que tu n'as pas bien compris. Tu viens de briser le cœur de la femme que j'aime. Je veux savoir pourquoi.

Mon regard est ancré dans le sien. Il voit que je ne plaisante pas, je veux vraiment comprendre pourquoi.

Il souffle et lève les yeux au ciel.

— Ce n'est pas important le pourquoi, le plus important, c'est qu'elle retrouve sa liberté, qu'elle soit libre avec un homme qui pourra l'aimer entièrement.

Je me lève pour qu'il comprenne bien ce que je vais lui dire.

— Écoute-moi bien, je crois que tu n'as pas bien compris. Je viens de faire des heures de vol parce que la femme que j'aime le plus au monde vient de m'apprendre que l'homme qui lui a demandé de l'épouser ne veut plus d'elle.

Il se retourne vers moi, complètement décontenancé par ce que je viens de lui dire.

— Oui, je suis au courant. Et tu sais quoi ? Elle m'a même demandé mon avis ! À moi !

— Oh, et j'imagine que tu lui as dit de ne pas le faire…

— Non.

— Tu plaisantes ? me crie-t-il.

— Non. Je lui ai conseillé de le faire.

— Mais tu l'aimes comme un fou.

— Toi aussi.

Il baisse les yeux en me disant :

— Je ne te comprends pas.

— Disons que je sais qu'elle sera cent fois mieux avec un homme comme toi qu'avec moi. Sais-tu ce qui nous lie ? Est-ce que tu connais notre histoire ?

Bien sûr, je me doute que oui, mais je veux qu'il connaisse TOUTE l'histoire.

— Vos frères.

— Oui. Mais est-ce qu'elle t'a dit qu'ils étaient morts à cause de moi ? Est-ce qu'elle t'a raconté pourquoi ils ont eu cet accident ?

Il secoue la tête. Je m'assois près de son lit et lui raconte toute l'histoire, la même que j'ai racontée à Jim l'autre soir. Je vois son regard sur moi changer.

— Alors, crois-moi quand je te dis qu'elle sera mieux avec toi qu'avec moi. Quand elle me voit, elle ne peut s'empêcher de penser à eux, ils seront toujours tapis dans l'ombre, ils nous accompagneront toujours.

Il se met à rire, je ne comprends pas.

— Qu'est-ce qui te fait rire ?

— Y'a pas à dire, elle a le don pour choisir ses mecs !

Je ris avec lui. Puis nous redevenons sérieux.

— Camille, laisse-lui une chance, elle t'aime comme un fou, elle te rendra heureux.

— Jonas, c'est toi qui n'as rien compris. Si je l'ai quittée, c'est pour son bonheur. PUTAIN ! il crie. Mais regarde-moi ! Je vais passer ma vie en fauteuil roulant, je ne pourrai plus faire de moto, je ne pourrai plus courir, je ne pourrai même plus lui faire l'amour…

Je vois une larme couler le long de sa joue. Je suis gêné, mais je continue et pose ma main sur son bras.

— Tu ne penses pas que c'est à elle de décider ?

Il pose sa main sur la mienne et me répond :

— Non. Je ne veux pas que l'amour qu'elle éprouve pour moi se transforme un jour en pitié, je ne veux pas voir ça dans ses yeux. Je ne veux pas qu'elle se prive de vivre pour moi.

— Tu ne la connais pas, Camille.

— Bien sûr que si. Mais est-ce que tu crois qu'elle va tenir longtemps sans pouvoir baiser quand et comme elle le souhaite ? Tu sais comment ça va se passer ? Quand on en aura envie, il faudra qu'on me pique la queue pour bander ! Je ne pourrai bander qu'en m'injectant des médocs ! Tu crois que ce sera une vie pour elle ? Baiser sur commande ?

Je baisse les yeux. Je sais qu'il a raison. Je me lève.

— Écoute, accepte d'en discuter avec elle. Écoute ce qu'elle a à te dire. Je sais qu'elle t'aime, et malgré tout ce que tu peux penser, je veux qu'elle soit heureuse.

Je lui tends la main qu'il serre et me dirige vers la porte :

— Prends soin de toi, mec.

— Jonas !

Je me retourne vers lui.

— Quoi ?

— Merci pour Océane. Je sais que tu prends soin d'elle, elle t'aime beaucoup.

— Je sais, ça me fait plaisir, je n'ai jamais eu de petite sœur à emmerder, alors !

Je lui fais un clin d'œil et sors.

Je m'arrête net devant Louise qui me toise les bras croisés sur la poitrine.

Chapitre 16
Louise

— Qu'est-ce que tu fous là ? je demande à Jonas face à moi.

— Je suis venu discuter avec ton futur époux.

— Putain, Jonas ! Tu ne peux pas t'empêcher de foutre la merde dans ma vie, hein ?

— Quoi ? Mais qu'est-ce que tu racontes ?

— Tu crois que ce n'est pas assez compliqué pour moi ? Il a fallu que tu viennes pour en rajouter un peu plus ! Tu ne pouvais pas rester avec le groupe ?

Il se rapproche de moi, son front bute contre le mien, et il me dit :

— Va te faire foutre, Louise…

Il se retourne et part. Je ne peux m'empêcher de crier :

— Mais putain ! Tu fais chier !

— Louise… me dit Marc. Assieds-toi.

Je le regarde et m'assois sur la chaise. Il s'accroupit devant moi. Je n'arrive pas à lui pardonner.

— Mais pourquoi l'as-tu laissé entrer ? Ce n'est pas assez compliqué avec Camille, non ?

À ma grande surprise, c'est Océane qui intervient, et elle est assez virulente dans ses propos.

— C'est toi qui n'as rien compris, Louise !

— Océane… essaie de tempérer son père.

— Non ! Elle n'a pas le droit de le traiter comme ça, merde !

Je lève les yeux au ciel. Encore une ado amoureuse du grand Jonas ! Je vais pour me lever, mais elle rajoute :

— Il t'aime tellement qu'il est venu pour convaincre Camille de rester avec toi ! De ne pas te jeter ! Et toi, qu'est-ce que tu fais ? Tu l'envoies chier !

Je baisse les yeux, je ne sais pas où me mettre. Je me suis peut-être un peu emportée, mais je ne sais plus où j'en suis.

— Tu veux que je te dise ? Tu ne le mérites pas. Il a quitté le groupe, il a 48h devant lui avant le prochain concert. Au lieu de se reposer comme les autres, il vient ici pour sauver ton couple et toi… TOI ! Grrrrr…

Elle se retourne et se dirige où Jonas a disparu quelques minutes plus tôt. Je relève les yeux vers Marc qui me sourit tristement.

— Tu sais comment elle est…

— Elle a raison, mais je n'arrive pas à réfléchir… Je n'y arrive plus…

Marc me prend dans ses bras pour me consoler.

— Allez, va le voir, va voir Camille. Je pense que vous avez besoin de discuter…

Je hoche la tête et me dirige vers la chambre non sans une certaine appréhension.

Lorsque je passe la porte, Camille m'accueille avec un immense sourire. Mon cœur accélère, je ne pense qu'à une chose : il a changé d'avis. Je m'avance vers lui, ses yeux ne me quittent pas. Je m'approche lentement, ma bouche effleure la sienne pour lui demander la permission de l'embrasser. Je sens son souffle, je lui fais un petit baiser, ma langue parcoure ses lèvres qui s'entrouvrent pour me laisser accès à sa bouche. Nous nous embrassons lentement, tendrement, puis sa main se pose sur ma nuque et il me rapproche un peu plus de lui. Il grogne, je gémis, notre baiser devient un peu plus profond. Je lui caresse les cheveux, ma main descend sur son torse, passe sous son tee-shirt pour caresser sa peau, ses abdos qui m'ont tant manqué, puis lorsque ma main descend sur son ventre, il m'arrête. Sa main se pose sur la mienne, son visage s'écarte du mien. Je ne comprends pas, je vois des larmes dans ses yeux. Je vois de la douleur sur son visage.

— Camille…

Il pose son front contre le mien, mais sa main reste posée sur la mienne.

— Louise, je ne peux pas…

— Comment ça tu ne peux pas ?

— Putain…

Il ferme les yeux, je pose ma tête sur son épaule et me blottis contre lui.

— Louise… Je ne pourrais plus t'apporter ce dont tu as envie…

— Camille, je…

Il me coupe.

— Regarde-moi ! Il y a quelques jours, je t'aurais retournée sur le matelas, je t'aurais fait l'amour pour te montrer à quel point je t'aime, mais… je ne peux plus…

— Le médecin a dit que…

— Sérieusement, Louise ? Tu t'imagines prévoir quand, où et comment on doit faire l'amour ? Tu te vois prendre une seringue, me piquer et attendre patiemment que mon membre veuille bien se dresser sous l'effet des médocs pour pouvoir me glisser en toi ?

Mes larmes coulent sur mes joues. Je comprends ce qu'il veut dire, mais je ne veux pas m'y résoudre.

— Il n'y a pas que le sexe Camille. Je t'aime, je ne veux pas te quitter juste parce qu'on devra s'aider un peu pour faire l'amour…

Il me fait relever la tête pour que ses yeux, qui ont perdu toute malice depuis quelques jours, s'ancrent dans les miens :

— Louise, je t'aime comme un fou. C'est pour ça que je te demande de me quitter.

— NON ! NON !

Il prend mon visage pour que je ne bouge pas :

— Louise, dit-il tandis que des larmes coulent sur ses joues, si tu restes avec moi, nous n'aurons plus jamais la même vie… Tu n'as même pas 30 ans et tu veux t'engager avec un homme paraplégique ? Tu te vois en train de me faire la toilette, de changer mes poches d'urine, de me piquer pour te donner du plaisir ?

Je n'arrête pas de pleurer. Il continue de parler même si je voudrais qu'il s'arrête.

— Tu t'imagines passer ta vie avec un mec comme moi, changer d'appartement, changer ta façon de vivre, de te déplacer pour moi ? Devoir tout préparer à l'avance, ne plus partir sur un coup de tête, plus de balade à moto, plus d'imprévus…

— Mais je t'aime… je murmure.

— Moi aussi, Louise, mais je ne veux pas t'imposer cette vie, car je sais qu'à un moment donné, tu resteras avec moi par pitié et plus par amour.

— Mais…

— Laisse-moi terminer s'il te plaît, il me demande doucement, ses yeux toujours ancrés aux miens, son pouce caressant mon visage. Je ne veux pas lire un jour de la pitié dans ton regard, je ne veux pas voir un jour des regrets dans tes yeux. Louise, je veux que tu vives maintenant, que tu construises une vie dans laquelle tu seras heureuse et feras ce dont tu auras envie et quand tu en auras envie…

— Mais je t'aime…

C'est la seule chose que j'arrive à lui dire. Je n'accepte pas ce qu'il me dit même si je sais qu'il n'a pas tort. Je n'y arrive pas, je ne veux pas le laisser, alors je me blottis dans ses bras musclés, mon nez dans son cou, ma main qui le caresse, sa main dans mes cheveux. Je veux rester ainsi, je ne veux plus bouger.

Des murmures me réveillent. Je relève la tête et vois Dolorès qui prépare un plateau avec plein d'instruments dessus. Camille a les yeux posés sur moi, il me sourit. Je me relève un peu et l'embrasse tendrement.

— Ma jolie, je vais te demander de sortir un moment le temps que je m'occupe de ce beau jeune homme, me dit Dolores en me faisant un clin d'œil.

Je me lève et fais un baiser sur la bouche de Camille en lui murmurant :

— Je t'aime. À tout de suite.

Il me sourit et me fait un baiser à son tour. Il n'y a personne devant la chambre, alors je décide d'aller à la cafétéria pour prendre un café et quelque chose à manger. Je m'arrête sur le seuil de la porte en voyant Océane accompagnée de Jonas. Ils ont l'air si proches tous les deux. Je comprends la réaction qu'elle a eue tout à l'heure, Jonas est comme un grand frère pour elle. Je sais qu'elle lui confie beaucoup de choses qu'elle n'ose pas dire ou demander à son père ni même à moi.

Jonas tourne la tête vers moi et me fixe, je sais que je dois m'excuser. Je m'avance vers leur table, il ne me quitte pas des yeux. Je m'arrête devant lui, je n'arrive pas à parler, alors je tends les bras devant moi, il se lève et m'enlace. Je cale ma tête dans son cou, je respire son odeur si particulière et je pleure en lui murmurant des pardons. Il me caresse le dos, me serre plus fort, nous restons ainsi un moment jusqu'à ce qu'Océane nous sorte de notre bulle.

— Je vais chercher des cafés.

Nous nous éloignons l'un de l'autre et nous asseyons côte à côte. Je presse ma jambe contre la sienne, j'ai besoin de rester en contact avec lui :

— Ça va ?

— J'ai connu mieux…

— Et lui ?

— Je ne sais pas, Jonas…

Il me prend la main, et ses yeux gris s'ancrent dans les miens.

— Louise, si tu as besoin de moi, je serai toujours là, tu le sais ?

Je hoche la tête. S'il savait à quel point j'ai besoin de lui, à quel point je suis heureuse qu'il soit auprès de moi en cet instant. Il est toujours là lorsque j'en ai besoin. Il est mon phare dans la nuit, il me montre le chemin… Toujours. Je dois lui dire…

— J'ai refusé, tu sais ?

— Refusé quoi, Louise ?

— Je n'ai pas suivi ton conseil, j'ai refusé de l'épouser…

Il prend mon visage entre ses mains et me demande :

— Mais pourquoi tu as fait ça ? Tu l'aimes, non ?

— Bien sûr, mais…

— Louise…

Je ferme les yeux avant de lui dire :

— Il n'est pas toi.

— Bordel, Louise…

Il me rapproche de lui et me serre très fort dans ses bras. Je ne sais pas si c'était le bon moment pour lui dire, mais j'avais besoin qu'il le sache. Qu'il ne pense pas que j'ai refusé d'épouser Camille à cause de son accident, que j'avais pris ma décision bien avant.

— Louise...

Je me blottis un peu plus entre ses bras, j'inspire son odeur, je profite de sa chaleur. Je ferme les yeux et suis soulagée de lui avoir dit. Après tout, je me devais de le faire. Même s'il a compris que j'aimais Camille et que je comptais rester avec lui, il sait maintenant que je ne pourrais pas me passer de sa présence, que j'ai un besoin viscéral de le savoir près de moi. Il fait partie intégrante de ma vie, de mon histoire, et il est hors de question que je m'en passe.

— Voilà les cafés !

Nous nous éloignons l'un de l'autre à contrecœur alors qu'Océane s'assoit face à nous. Je ne peux m'empêcher de lui demander :

— Comment tu te sens ?

— Louise, je ne sais pas comment l'expliquer.

Elle tourne son regard vers Jonas qui l'encourage en lui faisant un signe de la tête. Apparemment, ils ont déjà eu cette conversation :

— Eh bien, d'un côté je suis contente qu'il soit vivant, mais...

— Mais quoi, Océane ?

Des larmes commencent à emplir ses yeux, elle regarde ses mains posées sur la table, je vois des billes d'eau tomber dessus. Jonas presse ma main puis pose son autre main sur le menton d'Océane afin qu'elle redresse son visage vers lui :

— Ma belle, jamais nous ne te jugerons. Tu as le droit de dire ce que tu ressens, même si tu penses que ce n'est pas convenable.

Elle lui sourit puis me regarde en essuyant ses larmes.

— Mais parfois je pense qu'il aurait mieux fait d'y rester…

Elle baisse immédiatement la tête afin de ne pas avoir à croiser notre regard. Je ne peux empêcher mes larmes de se déverser. Ce n'est pas ce qu'elle vient de dire qui m'émeut, mais le fait qu'elle ait honte de penser ça.

Je me lève et vais m'asseoir auprès d'elle. À peine ai-je posé une main dans son dos qu'elle se jette dans mes bras en sanglotant doucement.

— Pardon, pardon, je sais que je ne devrais pas penser ça…

— Chut…

Je lui caresse le dos tout en essayant de contenir mes larmes. Je ne veux pas qu'elle pense que je lui en veux, si elle savait à quel point je la comprends. J'ai énormément de mal à m'imaginer Camille paraplégique. Cet homme si vivant, si sportif, assis dans un fauteuil tout le reste de sa vie. Je m'inquiète surtout pour sa santé mentale ; après tout, il ne vivait que pour le sport. Comment va-t-il faire sans sa passion première ?

— Ma belle, il n'y a pas de honte à dire ce que l'on pense…

Elle pleure de plus belle en me serrant un peu plus fort.

— Comment va-t-elle ?

Je relève les yeux sur Marc qui vient de faire son entrée. Il est debout, à côté de nous, et semble désemparé face à la tristesse de sa fille.

— Ça va aller, lui répond doucement Jonas. Elle va avoir besoin de temps…

Marc s'assoit auprès de lui en couvant sa fille du regard. Alors qu'Océane se calme petit à petit dans mes bras, je n'arrive pas à détacher mes yeux de Jonas qui me sourit tendrement. Il a fait tout ce chemin afin que Camille comprenne qu'il ne doit pas me quitter. Il a fait tout ce chemin pour que son rival comprenne que je voulais m'occuper de lui. Je sais une chose à ce moment précis, lorsque j'ancre mes yeux aux siens, si beaux, si gris, si aimants : il est hors de question que je me passe de sa présence ; il est hors de question que je n'aie pas de ses nouvelles ; il est hors de question que Jonas disparaisse à nouveau de ma vie. Même lorsque ma vie continuera son cours avec Camille, je veux que Jonas en fasse partie. Je ne veux pas choisir entre vivre avec Camille ou rester en contact avec Jonas. Je veux ces deux hommes dans ma vie, car ils en font partie autant l'un que l'autre. Je ne veux plus avoir à choisir. J'ai besoin des deux pour mon équilibre.

Chapitre 17
Jonas

Je suis rentré à temps pour le concert. Après les deux semaines de tournée qui ont suivi ma visite de Camille à l'hôpital, nous sommes enfin rentrés, exténués. C'était de la folie, le public était de plus en plus nombreux et nous acclamait un peu plus chaque soir. Nous avons tous décidé de nous octroyer une pause avant de partir en studio, histoire de recharger un peu les batteries.

Cela fait maintenant une dizaine de jours que je suis rentré et que j'essaie de joindre Louise, mais je tombe à chaque fois directement sur sa messagerie. Lorsque j'essaie avec le téléphone de Lina, c'est la même chose…

J'ai été surpris lorsqu'elle m'a dit qu'elle avait refusé d'épouser Camille, surtout quand elle m'en a donné la raison : *il n'est pas moi.* Qu'est-ce que cela signifie exactement ? Elle ne m'a pas donné d'explication, car Océane est arrivée à ce moment-là avec nos cafés. Est-ce qu'elle avait décidé de le quitter avant son accident ? Est-ce que maintenant, elle se sent coupable et va vouloir rester avec lui, même si lui ne veut plus d'elle ? Trop de questions sans réponse…

Lorsque j'ai demandé à Lily si elle avait des nouvelles, elle m'a parlé d'une histoire de vacances à l'étranger. Océane m'a tenu le même discours, elle m'a aussi appris que son oncle était en convalescence dans un centre à plus de 1 000 kilomètres d'ici. Il ne voulait pas croiser ses anciens patients pendant sa rééducation, alors il a décidé de s'éloigner le plus possible. Peut-être que Louise est allée le rejoindre ? Mais dans ce cas-là, pourquoi est-ce qu'elle ne répond pas à son téléphone ?

Je repense à Océane et à sa tristesse évidente depuis l'accident de son oncle, mais elle s'en sort avec l'appui de son père et m'appelle lorsqu'elle en a besoin. J'aime vraiment cette gamine, elle me fait penser à Jack, surtout par son insouciance.

Je suis posé sur ma terrasse avec une clope et une bière. Je regarde encore une fois mon téléphone et raccroche lorsque je tombe sur la messagerie de Louise. J'ai un mauvais pressentiment, je ne sais pas pourquoi, mais quelque chose ne va pas. Depuis quand est-ce que Louise prend des vacances et surtout sans en parler à personne, pas même à Lily ? Je pensais qu'elles étaient proches toutes les deux. J'ai un doute, ce mauvais pressentiment qui plane. Je décide d'appeler à nouveau Lily.

— Salut beau gosse !

— Salut Little Lil. Tu as des nouvelles de Louise ?

— Oui, bonjour, je vais bien, tu sais, c'est gentil de prendre de mes nouvelles…

— Merde, écoute, je m'inquiète, je n'arrive pas à la joindre depuis presque deux semaines alors je voulais savoir si tu l'avais eu au téléphone, c'est tout !

— Et depuis quand tu t'inquiètes pour elle ?

— Lily ! Merde ! Je n'ai pas envie de batailler avec toi, sérieux !

— OK, OK ! Alors non, je n'ai pas de nouvelle. Mon boss m'a dit qu'elle avait posé quinze jours de congés, voilà, c'est tout. Elle va bientôt revenir.

— Mais tu as essayé de la joindre ?

— Oui, Jonas, mais elle ne me répond pas. Elle a besoin d'un peu d'air après ce qu'il s'est passé avec Camille, tu ne crois pas ?

— Comment ça ?

— Tu n'es pas au courant ?

— Il faut croire que non ! Crache le morceau, Lily.

— Il est parti à plus de 1000 kilomètres pour sa rééducation.

— Ça, je le sais, et alors ?

— Alors, lorsqu'elle a posé ses congés, c'était pour le rejoindre, mais il n'a pas voulu. Il lui a expliqué encore une fois que c'était terminé entre eux, qu'il ne voulait pas qu'elle vienne le voir, qu'IL ne voulait plus la voir, que c'était mieux pour elle, qu'elle allait se faire une raison, refaire sa vie sans lui…

— Putain !

— Quoi ? Jonas ?

— Tu l'as vue depuis ?

— Non, elle m'a dit tout ça au téléphone, qu'elle avait besoin de réfléchir, de se remettre en question et…

— Tu ne l'as pas revue depuis ?

— Mais non !

— Bordel !

Je me rends compte que je suis déjà debout, prêt à bondir lorsque je raccroche. Je prends mes clés et cours jusqu'à ma voiture pour me rendre chez elle. Ce mauvais pressentiment ne fait qu'augmenter. Si je pouvais pousser les voitures devant moi, je le ferais. Mon cœur bat à cent à l'heure, j'ai chaud, les mains moites, je hurle à chaque croisement sur les piétons qui me coupent la route ou sur les feux qui restent trop longtemps rouges.

Je me gare enfin à l'arrache sur le trottoir et file jusqu'à la porte d'entrée de l'immeuble qui, heureusement, est restée ouverte. Je monte au premier et tape à sa porte. Personne ne répond. Je recommence, toujours rien. J'essaie d'ouvrir, mais la porte est fermée à clé. Après quelques minutes à attendre, je décide de retourner à ma voiture, mais un doute persiste. Je prends mon téléphone et appelle en collant mon oreille à la porte qui se dresse devant moi. Et là, je l'entends, la sonnerie étouffée de son téléphone. Mais toujours aucun signe de vie de Louise. Je frappe encore et encore, j'ai l'impression que je vais défoncer cette porte si elle ne vient pas m'ouvrir. Je hurle son prénom :

— Louise ! Louise ! Je sais que tu es là ! Ouvre cette putain de porte ou je vais la défoncer ! Louise ! Ouvre la porte !

Je sais qu'elle est là. Je continue de frapper sur ce bout de bois qui tremble sous mes coups alors que l'inquiétude ne fait qu'augmenter. Pourquoi elle ne répond pas ? Je n'arrête pas de frapper, heureusement que ses voisins sont absents, car ils auraient appelé les flics avec tout le bordel que je fais, mais je m'en fous, je ne m'arrête pas.

— Louise, bordel ! Je sais que tu es là.

Rien. Aucun bruit, aucun son ne sort de son appartement. Je me laisse tomber au sol le dos contre la porte d'entrée, le cul sur son paillasson. Je tape l'arrière de ma tête plusieurs fois contre la porte impuissant.

— Louise... Putain !

Je sens quelque chose sous le paillasson, je me décale pour le lever et y trouve des clés. Je me lève et les mets dans la serrure pour déverrouiller la porte. Lorsqu'elle s'ouvre, je pose ma main sur mon nez. Une odeur nauséabonde emplit mes poumons et je suis pris d'un haut-le-cœur. Les volets sont fermés. Je me dirige vers la porte qui mène à la terrasse et l'ouvre en grand ainsi que les fenêtres et les volets de la pièce.

Lorsque je me retourne face à la pièce de vie et la cuisine, je suis choqué de voir le bordel qui y règne. Il y a des restes qui traînent un peu partout, des boîtes de bouffe chinoise, de pizza, du pain et des choses non identifiées. Mais ce qui me choque le plus, ce sont les bouteilles vides. Des bouteilles de vin, des bouteilles de bières, d'alcool plus fort. Elles jonchent le sol, le comptoir, le canapé. Si je ne la connaissais pas, on pourrait croire qu'il y a eu une bringue la veille avec une quinzaine de personnes. J'ouvre les fenêtres un peu plus grand afin d'aérer le plus possible. Je me passe les mains sur le visage, je ne sais pas dans quel état je vais la trouver. J'hésite entre nettoyer ce bordel ou avancer pour voir dans quel état elle est. Je sais déjà où elle se trouve et me dirige directement vers la chambre de Loukas.

Je m'arrête sur le seuil. Je ne peux empêcher mon cœur de se serrer et mes larmes de couler lorsque je la vois. Elle est allongée sur le lit de son frère tenant entre ses doigts un cadre, le cadre où elle se trouve avec Jack et Loukas. Elle ne porte qu'un tee-shirt qui doit appartenir à Camille, j'imagine, étant donné que c'est un habit de sport trois fois trop grand pour elle. Elle a les yeux fermés. Je me dirige vers la fenêtre pour l'ouvrir et entrouvrir les volets pour faire partir cette odeur, ce mélange d'alcool et de transpiration. Lorsque je l'observe, je remarque que ses cheveux sont gras, que ses larmes ont laissé des traces sur ses joues, qu'elle est blafarde.

Je me dirige vers elle. J'hésite à la réveiller, mais elle ne peut pas rester dans cet état. Je me penche au-dessus d'elle et lui remue l'épaule.

— Louise… Louise…

Elle lève lentement le bras qui tient le cadre pour pousser ma main.

— Laisse-moi tranquille…

Sa voix est rauque, son haleine est affreuse, mais j'en ai vu d'autres.

— Louise, réveille-toi !

Je lui enlève le cadre des mains pour le poser sur la table de nuit et la secoue un peu plus fort, il faut qu'elle se réveille et qu'elle reprenne pied. Je ne sais pas depuis combien de temps elle est comme ça, mais ça a bien trop duré.

Elle ne bouge pas, elle grogne, ronchonne, mais ne me dit rien.

— Parfait ! Tu veux jouer à la femme des cavernes ? Pas de soucis !

Je passe un bras sous ses genoux, l'autre derrière ses épaules et je la soulève pour me diriger vers la salle de bain. Je la pose contre le mur pour allumer l'eau, mais elle se laisse glisser le long pour s'asseoir au sol les yeux vides, regardant devant elle. Je fais couler de l'eau tiède et enlève mes baskets, mon jean et mon tee-shirt. Je passe mes mains sous ses aisselles afin de la relever et je la reprends dans mes bras, elle est complètement inerte. Après avoir vérifié l'eau – tiède presque froide –, je la glisse en dessous. Alors que je m'attends à des cris et des hurlements, Louise se met à trembler, à claquer des dents, elle ferme les yeux.

— Putain, Louise…

J'ai du mal à y croire, j'essaie tant bien que mal de retenir mes larmes en voyant sa réaction. Elle n'est clairement pas dans son état normal, et ça me fait mal de la voir comme ça. Comment est-ce qu'elle a pu en arriver là ? Sans que personne ne se doute de quoi que ce soit ?

Je m'avance sous l'eau, m'approche d'elle et lui enlève son tee-shirt et son shorty. Elle tremble toujours, son corps est recouvert de chair de poule, mais elle ne bouge pas. J'ai devant moi un pantin. J'augmente la température de l'eau afin qu'elle se réchauffe et commence à la frictionner avec du gel douche pour ne plus qu'elle tremble. C'est une petite fille que j'ai entre les mains. Je commence par son cou. Lorsque je lève ses bras pour la laver, elle ne dit rien, elle se laisse faire. Même lorsque je passe très vite sur son intimité, elle ne bouge pas. J'essaie de ne pas penser, ce n'est pas le moment. C'est compliqué de rester de marbre face à cette Louise inerte dans mes bras. Pour lui laver les cheveux, j'arrête l'eau, je me place derrière elle et m'assois en l'entraînant au sol avec moi. Son dos est posé sur mon torse. Je fais mousser le shampoing sur son cuir chevelu et lui lave ses longs cheveux bruns. Je lui masse le crâne, je sens qu'elle se détend lorsque machinalement je lui fredonne une chanson. C'est la seule chose que je sache faire. Chanter. Ça ne servirait à rien que je lui parle, car elle n'est pas en état de me répondre. J'attrape la pomme de douche pour lui rincer délicatement les cheveux. Je sors de la douche et entraîne Louise avec moi. Elle se laisse toujours faire, les yeux fermés. Je l'enveloppe dans une serviette et la frictionne pour qu'elle n'ait pas froid et l'amène dans sa propre chambre. Je lui enfile un tee-shirt et un shorty trouvés au hasard dans ses affaires. Elle s'allonge dans son lit. Lorsque je la recouvre, elle se tourne, et je sens sa respiration se calmer. Elle s'est endormie. Sa chambre est le seul endroit où c'est à peu près propre. J'entrouvre un peu plus la fenêtre afin de faire circuler l'air.

Après m'être séché et habillé, je retourne dans la pièce de vie et hésite à appeler quelqu'un, comme Lily ou Jim, mais ne le fais pas ; je ne pense pas qu'elle apprécierait que quelqu'un d'autre la voie dans cet état. Putain ! Mais ça fait combien de temps qu'elle n'est pas sortie ? Je prends un sac poubelle et commence mon grand nettoyage, je rassemble toutes les bouteilles vides et les mets dans un bac sur la terrasse avec les sacs poubelles ; je descendrai tout ça plus tard. Je m'attaque à la vaisselle, et ensuite au sol. Je m'avance dans la chambre de Loukas et enlève les draps après avoir ouvert en grand fenêtre et volets. Après plus d'une heure à m'activer, l'appartement a presque retrouvé un aspect normal. Lorsque je retourne dans la chambre, Louise est assise au bord du lit, la tête dans les mains. Elle relève vivement le visage vers moi lorsqu'elle aperçoit mes pieds devant elle.

— Jonas ?

Ses yeux sont injectés de sang, puis elle me lance, agressive :

— Tu es venu profiter du spectacle ? C'est bon ? Tu peux te barrer, tu as réussi à me réveiller. Maintenant rentre chez toi, il n'y a plus rien à voir !

Je suis si étonné qu'elle m'agresse de cette façon que je ne trouve rien à lui répondre. Elle se lève d'un bond et vacille. Je la retiens pour ne pas qu'elle tombe, mais elle se dégage vivement et me hurle dessus à nouveau :

— Barre-toi ! Je ne mérite personne, tout le monde me fuit ou meurt ! Alors, laisse-moi tranquille ! Je suis très bien toute seule !

Je l'attrape par les épaules et lui relève la tête pour qu'elle me fasse face :

— Louise, je suis là pour toi, j'ai toujours été et je serais toujours là, tu m'entends ?

— Pff ! Et t'étais où, hein ? Quand j'avais besoin de toi ? Tu étais où, quand il m'a jeté comme la merde que je suis ?

— Louise…

— Ha oui ! Tu t'occupais de tes groupies ! Lily chantait et Jim jouait de la guitare !

— Louise, ne dis pas ça, nous tenons à toi et…

— Arrête tes conneries ! Personne ne tient à moi ! Loukas m'a quittée ! Camille m'a quittée ! Toi, tu m'as laissée seule ! Et les autres aussi !

Elle s'assoit sur son lit en pleurant. Putain, mais qu'est-ce qu'elle raconte ? Jamais je n'aurais imaginé que le départ de Camille la mettrait dans cet état. Elle s'est sentie rejetée lorsqu'il l'a quittée, mais je me rends compte qu'en effet, nous avions tous nos occupations et ne nous sommes pas souciés de ce qu'elle pouvait ressentir. Jim et moi étions en tournée et Lily a eu plusieurs contrats. Mais se mettre dans un état pareil ?

Je la prends dans mes bras et la serre aussi fort que je peux pour lui faire comprendre que je suis là pour elle. Elle essaie de se débattre, mais elle lâche prise et se détend après quelques minutes. Je lui caresse les cheveux et la berce doucement jusqu'à que je sente son corps se relâcher petit à petit et sa respiration se réguler. Lorsque je sens qu'elle dort, je l'allonge sur le lit, la couvre et vais me poser dans le salon.

Chapitre 18
Jonas

Après plusieurs allers-retours afin de tout balancer, je me pose avec une bière et une clope pour réfléchir. Je ne sais vraiment pas quoi faire. Il me reste quelques jours avant d'attaquer les enregistrements en studio. Je pourrais peut-être rester avec elle et l'aider à aller mieux ? Est-ce que je dois en parler à Lily et Jim ? Non, je ne vais rien leur dire et laisser Louise en décider. Comment est-ce qu'elle a pu en arriver là ? Pourquoi est-ce qu'elle ne m'a pas appelé ? Ou Lily ? Ou Jim ? Je n'arrive pas à la comprendre. Je lui demanderai plus tard. Pour l'instant, je dois m'occuper d'elle. Mais d'abord, m'occuper de l'appartement.

Pendant qu'elle dort, je fais l'aller-retour chez moi pour prendre des fringues, ma guitare et quelques trucs à bouffer que j'avais dans mon frigo. Lorsque je rentre, je trouve Louise dans la cuisine qui ouvre les placards frénétiquement. Elle sursaute lorsque je lui demande :

— Tu cherches quelque chose en particulier ?

— Qu'est-ce que tu fous là ? elle m'attaque.

— Eh bien, sympa l'accueil !

— Jonas, dégage, je n'ai pas besoin de toi, je vais mieux, merci. Tu peux bouger, je vais me débrouiller.

Elle attrape une bouteille de vin et essaie vainement de l'ouvrir. Je vois ses mains qui tremblent, elle commence à s'énerver dessus :

— Mais tu vas t'ouvrir, oui ? Allez... Ouvre-toi, merde !

Je suis sans voix devant sa façon d'agir. On dirait une alcoolique qui n'a pas eu sa dose depuis trop longtemps. Ce n'est pas Louise. J'entends le pop du bouchon et bloque lorsque j'aperçois Louise boire directement à la bouteille. Je lui rentre dedans :

— Tu comptes te bourrer la gueule jusque quand ?

Elle lève les yeux vers moi et, avec un petit sourire en coin, me lance :

— Je ne sais pas, jusqu'à plus soif peut-être ?

Elle boit encore quelques gorgées en me regardant dans les yeux pour me défier.

— Et ensuite ?

— Ensuite quoi, Jonas…

— Après avoir bu toutes les bouteilles de l'appart', qu'est-ce que tu comptes faire ?

— Ben, je ne sais pas…, dit-elle en levant les yeux au ciel. J'irai en acheter d'autres !

Elle se retourne et passe à côté de moi, mais je la retiens par le bras. Elle me hurle dessus :

— Lâche-moi ! Sinon…

— Sinon quoi, Louise ?

Elle se défait de mon emprise, mais j'arrive à lui arracher la bouteille des mains. Elle s'énerve à nouveau :

— Rends-la-moi !

Je garde mon bras en l'air pour qu'elle ne l'atteigne pas. Elle se met à pleurer et à me frapper le torse.

— Louise, arrête, calme-toi !

— Rends-là moi alors ! elle s'égosille.

— Non.

Je me dirige vers l'évier et y vide le contenu de la bouteille. Elle hurle, crie, saute sur mon dos en me donnant des coups de poing. Je laisse la bouteille vide dans l'évier et me retourne vers elle. J'attrape ses poignets et lui hurle dessus à mon tour :

— Putain ! Mais tu vas arrêter, oui ! Tu ne vois pas que je le fais pour toi ? Pour ton bien ?

Ses yeux se plissent comme si elle réfléchissait. Je suis désarçonné lorsqu'elle me lance :

— Si tu ne veux que mon bien, alors donne-moi quelque chose pour oublier, Jonas…

Elle a baissé la voix, résignée. Je lui relève le menton pour voir ses yeux.

— De quoi tu parles, Louise ?

— Je veux oublier, et l'alcool m'aide à oublier…

— Mais qu'est-ce que tu veux oublier, putain ? Je ne comprends pas.

Elle élève la voix à nouveau :

— Mais TOUT, bordel ! Loukas, Camille, Jack, TOI ! Je ne veux plus rien ressentir, je veux retourner dans le néant, je ne veux penser à rien, ne plus souffrir, c'est ça que je veux !

Dans un élan de tendresse, je la prends dans mes bras et la serre aussi fort que je peux. Elle pleure, hurle, tremble. Je n'ai trouvé que ce moyen pour la calmer. Après plusieurs minutes ainsi, elle s'apaise enfin ; je sens son corps se détendre entre mes bras. Je la porte jusqu'au canapé et l'allonge pour qu'elle se repose. Lorsque je me relève, elle me prend la main et murmure un faible :

— Pardon…

Elle ferme les yeux et me tourne le dos. Lorsqu'elle est bien endormie, je fais le tour de tous les placards de l'appartement et enlève toutes les bouteilles de vin ou d'alcool que je peux trouver. Je les descends dans ma voiture ; au moins, je suis sûre qu'elle n'ira pas les chercher là.

Cela fait plusieurs jours que Louise alterne des phases de pétage de plomb et des phases où elle est complètement amorphe. J'encaisse lorsqu'elle me traite de connard égoïste, de gros con ronchon, et j'en passe. Je suis obligé de la faire manger, je la force pratiquement, ce qui n'est pas à son goût, alors je me prends en pleine face ses reproches. Mais je ne lâche rien. Je dois la forcer à se laver, à se brosser les dents… les choses normales de la vie, quoi.

Je sais qu'elle n'est pas dans son état normal. Je dors avec elle pour ne pas la laisser seule une seule seconde. Bien sûr, j'attends qu'elle se soit endormie pour me glisser auprès d'elle, autrement elle ne l'accepterait pas. Ses crises pendant la nuit se sont accentuées ; elle appelle Loukas très souvent, chose qu'elle ne faisait pratiquement plus depuis quelque temps. Elle hurle son prénom, lui demande de ne pas la laisser tomber, de rester avec elle, de ne pas l'abandonner. Elle revit ses derniers moments passés avec lui à l'hôpital, et j'ai du mal à ne pas laisser mes larmes m'envahir lorsqu'elle hurle et tremble de tout son corps.

Dans ces cas-là, je me glisse derrière elle dans le lit et la berce en lui fredonnant une chanson comme le ferait un père avec son enfant. Louise se comporte par moment comme une petite fille, elle pleure dans mes bras en me demandant pourquoi personne ne veut d'elle, pourquoi tout le monde l'abandonne, pourquoi elle se sent si seule… Dans ces cas-là, je ne lui réponds rien, je sais qu'elle est là sans l'être vraiment. Je ressens toute la douleur qu'elle éprouve, j'ai du mal à concevoir qu'elle n'arrive pas à remonter la pente et je m'en veux énormément de l'avoir laissé tomber à un moment où elle en avait le plus besoin.

J'ai compris à travers ses délires et ses crises que Camille l'avait fuie comme un lâche. Même pas un au revoir, pas même une lettre. Elle s'est juste retrouvée devant une chambre inoccupée un matin, sans autre explication que le vide autour d'elle et le silence de celui qu'elle aime, de celui qu'elle aimait. Je comprends ses pleurs et ses cris, mais j'ai de plus en plus de mal à les supporter. Je n'accepte plus de la voir souffrir, alors un matin, après qu'Océane m'ait donné le numéro de son oncle, je décroche mon téléphone.

— Oui ?

— Camille ? C'est Jonas.

— …

— Camille ?

— Oui, Jonas, qu'est-ce que tu veux ?

— Moi ? Rien ! Je veux juste que tu m'expliques ta fuite !

— Ma fuite ? Qu'est-ce que tu veux dire ?

— Tu as fui Louise, tu ne lui as même pas dit au revoir, tu es parti sans te retourner, tu…

— Arrête, Jonas ! Tu sais très bien pourquoi je l'ai fait ! C'est bien mieux pour elle et…

— Stop ! Arrête de raconter des conneries ! C'était mieux pour toi surtout ! Tellement plus facile de ne pas avoir à l'affronter, tellement…

— C'est ce que tu penses ? Tu crois que c'est simple pour moi ! Putain ! Je me retrouve dans un fauteuil roulant à 1000 kilomètres de la femme que j'aime ! Je l'ai quittée pour qu'elle n'ait pas à supporter mon état, alors ne me parle pas de facilité, bordel !

Je ferme les yeux, regarde Louise et repense à la photo que j'ai prise d'elle quelques jours avant, lorsqu'elle était dans un sale état, pour lui montrer plus tard comment je l'ai trouvée, qu'elle se rende compte qu'elle se faisait du mal. Je l'envoie à Cam et attends sa réaction.

— Regarde ce que je viens de t'envoyer et dis-moi que ce que tu as fait est bien pour elle !

Je l'entends murmurer :

— Louise... Comment va-t-elle ? C'était quand ?

Je souffle.

— C'était il y a quelques jours, elle va un peu mieux maintenant que j'ai viré toutes les bouteilles de l'appart', mais putain ! Comment tu as pu penser qu'elle allait t'oublier si vite ? Tu lui as brisé le cœur, merde ! Elle a pété un plomb, sérieux !

Je l'entends renifler, je sais que cette photo le retourne, mais pas autant que j'aimerais.

— Jonas... Comprends-moi. Je souffre de la voir comme ça, mais s'il te plaît, prends soin d'elle, je te la confie...

J'éclate de rire.

— Non, mais tu veux rire, putain ! C'est de toi qu'elle a besoin ! Pas de moi, bordel !

— Qu'est-ce que tu veux que je fasse, hein ?

— Je ne sais pas moi, appelle-la ou écris-lui. Oui, c'est ça, explique-lui par écrit, elle aura le temps de lire et relire tes mots pour accepter l'inacceptable pour elle.

— ...

— Cam ?

— Je vais faire ça, oui... Prends soin d'elle, Jonas...

Il a raccroché. J'espère qu'il lui écrira cette lettre au plus vite, et qu'elle arrive si ce n'est à accepter son départ, au moins à le comprendre.

Chapitre 19
Louise

Je me réveille en sursaut, je transpire, j'ai chaud, j'ai froid. Je n'ose pas refermer les yeux de peur de revoir le visage de Loukas sur son brancard dans le camion de pompier. Je n'arrive pas à m'enlever cette image de la tête. Je sais que je l'ai appelé, que je lui ai hurlé dessus pour qu'il reste avec moi, mais encore une fois, je me suis réveillée seule, sans mon jumeau à mes côtés, sans Camille, sans personne qui se préoccupe de moi. J'entends toujours cette voix au loin, qui me chante des chansons au creux de l'oreille pour m'apaiser. En général, cela suffit à me rendormir, mais cette fois, je sens de la chaleur dans mon dos, une main qui me caresse les cheveux, l'autre qui caresse ma main. On me berce comme une enfant, et toujours cette mélodie : *With or without you... With or without you, I can't live, with or without you...*

Je ne veux pas me retourner, j'ai peur d'être encore dans mon cauchemar. Je me mets sur le côté et me colle contre ce corps chaud, je frotte mon nez dans son cou. Des bras m'enveloppent, j'aime à penser que je suis dans les bras de mon frère, même si tout au fond de moi, je sais que c'est impossible. Ce corps me berce, et je repars au pays des songes.

Lorsque je me réveille, j'ai froid, j'ai mal à la tête, très mal, j'ai l'impression qu'un étau me compresse. Je m'assois, et la douleur augmente encore plus. Je me prends la tête entre les mains, me penche en avant, mais n'ose pas ouvrir les yeux. Je gémis tellement la douleur est forte. Lorsqu'une main se pose sur mon épaule, je sursaute mais garde les yeux fermés.

— Louise… Regarde-moi.

— Je ne peux pas… je murmure.

— Louise, il faut que tu bouges…

— Je ne peux pas ! je lui crie.

Je gémis, j'ai l'impression que ma tête va exploser. Des larmes silencieuses coulent sur mes joues, je pose les paumes de mes mains sur mes yeux et appuie très fort pour que la douleur parte, mais rien n'y fait. Je me balance, les coudes sur mes genoux et appuie encore plus sur mes yeux, mais la douleur persiste.

— Je vais te chercher ce qu'il faut.

J'entends ses pas qui s'éloignent. J'essaie d'ouvrir les yeux, mais la lumière m'agresse. Je ne sais pas ce que j'ai, il me semble que je n'ai pas bu depuis un moment. Est-ce que mon corps se venge de tout ce que je lui ai fait subir ces derniers jours ? D'ailleurs, depuis combien de temps suis-je enfermée dans mon appartement ? Je sursaute lorsque la main de Jonas se pose à nouveau sur mon épaule.

— Louise, bois ça.

Je détache une de mes mains de ma tête et tends la main vers lui sans ouvrir les yeux. J'attrape un verre et bois le contenu qui pétille. Je reconnais le goût de l'aspirine. Je lui rends le verre et replace ma main sur mes yeux toujours fermés.

— Qu'est-ce que je peux faire d'autre pour toi, ma belle ?

— La lumière… S'il te plaît…

J'entends qu'il ouvre la fenêtre pour fermer les volets. Je m'allonge sur le côté, remonte mes genoux sur mon torse et mes coudes enveloppent ma tête. Je n'en peux plus.

Après quelques minutes, le matelas derrière moi s'affaisse, je sens une odeur particulière qui embaume la chambre. Jonas essaie de me mettre sur le dos, mais je résiste.

— Laisse-moi, s'il te plaît… J'ai trop mal…

— J'en ai pour deux minutes, c'est pour que ton mal de tête passe plus vite.

— Ça a un rapport avec cette odeur ?

— C'est de la menthe poivrée, ça va t'aider.

Je grogne, mais me mets sur le dos toujours en gardant les yeux fermés. Je sens qu'il m'effleure les tempes, qu'il fait une ligne sur mon front et qu'il m'effleure la nuque.

— Tu peux te réinstaller…

Je me remets dans ma position fœtale et me concentre sur la main de Jonas qui me caresse les cheveux et sur sa voix grave qui murmure une mélodie. Je commence à me détendre lorsque je ressens une brûlure atroce aux endroits où il m'a touché.

— Ça brûle ! Mais qu'est-ce que…

— Chut… C'est normal… Ça va vite passer, essaie de te détendre…

— Facile à dire… Tu veux me tuer ou quoi ?

— Arrête de raconter des conneries et détends-toi.

— Pff…

Il pose sa main froide sur mon front pour apaiser la brûlure et je me détends en me concentrant sur sa voix grave…

Je sursaute en entendant les cris de Jonas.

— Putain ! Mais qu'est-ce que tu attends ? Qu'elle pète un plomb à nouveau ? Sors-toi les doigts du cul, prends un papier, un stylo et écris-lui, ou je te promets que je viens avec elle pour que tu lui dises les choses en face... Je la veux demain !

J'ai encore la tête dans le coaltar, mais plus de mal de tête à l'horizon. À qui est-ce qu'il parlait ? Je prends des affaires dans mon dressing et vais me doucher. Jonas est sur la terrasse au soleil avec sa guitare à la main et un casque sur les oreilles lorsque je le rejoins. Je pose un café devant lui et m'assois à ses côtés avec le mien.

— Comment te sens-tu ?

Il me demande en enlevant son casque et en posant sa guitare.

— Mieux, merci.

Je le dévisage.

— Quoi ?

— Depuis quand es-tu là, Jonas ?

— Louise... Est-ce que tu sais quel jour nous sommes ?

J'ai beau réfléchir, mais je n'en ai aucune idée. Je hausse les épaules en regardant le ciel.

— Cela fait cinq jours que je suis ici...

Je tourne la tête vers lui, ce n'est pas possible, je n'ai pas pu rester si longtemps « absente ».

— Arrête de me faire marcher !

Il me tend son téléphone pour que je voie la date. En effet... Il ne me ment pas. Je prends ma tasse et contemple mon café pour éviter de le regarder. J'ai honte... C'est la première fois que je pète un plomb. Je me souviens juste de la douleur, du sentiment d'abandon que j'ai ressenti en arrivant à l'hôpital, en voyant cette chambre vide. Camille m'a laissée, m'a quittée, m'a plaquée, m'a plantée... Il s'est évaporé dans la nature, et moi, je me suis effondrée... Je sens le regard de Jonas sur moi, alors je relève les yeux pour croiser les siens. Alors que je m'attendais à y voir de la pitié, j'y vois autre chose. Du soulagement ?

— À qui parlais-tu au téléphone ? je lui demande.

— À personne d'important...

Il me fixe comme pour me défier.

— C'était lui, n'est-ce pas ?

— Louise...

— Oh, non ! Explique-moi pourquoi tu lui parlais de m'amener le voir ? Et qu'est-ce que tu veux demain ?

— Oublie ce que tu as entendu, Louise. Tu dois récupérer et te reposer.

Il se lève et entre pour clore notre discussion. Il m'énerve ! Je le suis et l'attrape par l'épaule pour qu'il se retourne et lui crie :

— Dis-moi !

Il baisse la tête pour me répondre alors que je lève la mienne vers son visage.

— Laisse tomber, Louise !

Il se retourne, mais je lui attrape le bras pour qu'il me fasse face à nouveau.

— Dis-moi !

Il lève les yeux au ciel et sa main attrape l'arête de son nez, ce qui signifie qu'il va s'énerver dans quatre, trois, deux, un :

— Mais qu'est-ce que tu peux m'emmerder, putain ! Oublie, tu entends ! Laisse tomber ! Tu dois te reposer et reprendre des forces pour l'instant !

Je tape son torse de toutes mes forces avec mes deux mains pour le pousser. Il est surpris, mais bouge à peine.

— Je veux savoir ! C'était lui ? Tu parlais à Camille ? Mais merde ! J'ai le droit de savoir, non ?

Je sens les larmes qui montent avec ma colère qui s'accroît. J'en ai marre qu'on me mente, qu'on me mette de côté soi-disant pour mon bien… Alors je passe mes nerfs sur la seule personne que j'ai face à moi : Jonas. Je le tape, lui donne des coups de poing, des gifles, je le griffe jusqu'à ce qu'il m'attrape les deux mains pour que j'arrête :

— Ça y est ? Tu es calmée ?

— Pas du tout ! Tu peux te barrer, Jonas ! Je n'ai pas besoin de toi, ni de personne d'autre d'ailleurs ! Tu n'as qu'à aller le rejoindre pour parler de la pauvre Louise qui a eu le malheur de tomber amoureuse des deux hommes les plus égoïstes que le monde ait portés !

Chapitre 20
Jonas

Je reste immobile, ses poignets dans ma main. Est-ce que j'ai bien entendu ?

— Qu'est-ce que tu viens de dire ?

— Laisse tomber ! Lâche-moi, tu me fais mal…

Elle se débat, mais je la tiens toujours. Je veux qu'elle répète ce qu'elle vient de dire, je veux être sûr de bien avoir entendu la première fois.

— Louise… Je ne te lâcherai pas tant que tu n'auras pas répété ce que tu viens de dire…

Elle ferme les yeux et les rouvre en me fixant, ils sont brillants, mais elle ne les baisse pas et me dit doucement :

— Je t'ai dit de te barrer, d'aller rejoindre Camille, car je n'ai pas besoin de vous, ni de personne. Vous êtes deux égoïstes.

— Et ?

Je relâche ses mains qu'elle tient devant sa poitrine. Elle se rapproche de moi et me susurre…

— Et je vous hais plus que tout au monde…

Elle se retourne et part vers sa chambre, je la suis, car il est hors de question que je la laisse partir comme ça.

— Louise !

Elle continue.

— Louise ! Tu ne peux pas fuir à chaque fois qu'on se met à discuter, merde !

La porte de sa chambre claque. Parfait. J'entre à sa suite et claque la porte aussi, elle sursaute. Je décide de lui rentrer dedans, j'en ai marre de tourner autour du pot.

— Tu es amoureuse de moi ?

Elle me tourne le dos, regarde par la fenêtre. Je m'avance vers et me place derrière elle sans la toucher.

— Louise…

Nous restons ainsi un moment avant qu'elle me réponde :

— Je ne sais plus, Jonas… Je t'ai aimé, oui… Je t'ai haï aussi… C'était un mélange des deux, tu vois ? Envie de te frapper quand tu m'envoyais chier et envie de t'embrasser lorsque tu jouais avec moi… Besoin de ta présence aussi et horriblement jalouse lorsque je te voyais avec une autre…

Je suis sans voix. Jamais elle ne m'a laissé entrevoir les sentiments qu'elle avait pour moi, en tout cas pas aussi clairement que ce soir. Après un long silence, elle rajoute :

— Et puis, j'avais toujours l'impression que tu ne me disais pas les choses… Jusqu'au soir au salon de l'érotisme où j'ai appris pour l'accident. Je t'en ai voulu. Mon Dieu. Dire que depuis le début tu savais. Tu connaissais la vérité et tu m'as laissée dans l'ignorance…

— Louise…

Je pose une main sur son épaule.

— Non. Laisse-moi terminer, Jonas, elle me dit en enlevant ma main et en regardant toujours à l'extérieur.

— Je… Ce que tu n'as pas compris, c'est que je ne t'en ai pas voulu à cause de l'accident… Je t'en ai voulu de ne pas me l'avoir dit dès le début, dès que tu as découvert que je connaissais Jack. Tu n'es pas responsable de leur accident…

— Arrête ! Tu sais très bien que…

Elle se retourne vers moi, les yeux humides et pose son doigt sur mon torse nu :

— Non ! Toi ! Arrête et laisse-moi terminer ! TU N'ES PAS RESPONSABLE de leur accident ! Tout comme JE N'EN SUIS PAS RESPONSABLE NON PLUS ! C'était un ensemble de choses, personne n'est responsable de ça. J'ai passé le début de soirée avec eux à fêter mon anniversaire, nous avions bu, beaucoup… Et ensuite, ils sont venus te voir pour parler avec toi, tu t'es énervé et ils t'ont fui… Mais ce n'est ni de ta faute, ni de la mienne, ni de la leur…

— Mais Louise…

Je sens des larmes sur mes joues, je ne cherche pas à lui cacher.

— Mais si je n'avais pas réagi comme ça…

— Je sais ce que tu penses… Mais SI nous n'avions pas fêté mon anniversaire ce soir-là, SI nous n'avions pas autant bu, SI je ne les avais pas poussés à aller te parler, S'ILS n'avaient pas pris la voiture, SI vous n'aviez pas fêté vos contrats, SI tu ne t'étais pas mis en colère, S'ILS n'avaient pas grillé le feu, SI le camion avait eu du retard…

Je la tire vers moi et ferme les yeux pour laisser mes larmes couler. J'ai l'impression qu'elle vient de m'ôter l'énorme poids qui pesait sur ma poitrine et sur mon cœur depuis presque un an. Je respire à nouveau pleinement. Je comprends complètement ce qu'elle veut dire, mais je lui souffle :

— Tu es amoureuse de moi, Louise ?

Je la serre un peu plus dans mes bras, son visage sur mon torse.

— Je crois que je t'ai aimé, Jonas… Mais à un moment donné, la haine a pris le dessus. Et puis, Camille est entré dans ma vie… C'était si simple avec lui… Pas de prise de tête, pas d'engueulade, pas d'autres femmes entre nous. Il faisait attention à moi, il m'aimait et me le disait à longueur de journée. C'était tellement simple avec lui, Jonas…

Ses bras se serrent un peu plus autour de moi, elle n'a toujours pas répondu à ma question.

— Je ne sais plus où j'en suis, en fait…

Tout en la gardant dans mes bras, je me laisse tomber sur le lit. Nous restons ainsi un moment jusqu'à ce que j'entende :

— Mais oui… Je crois qu'au fond de moi j'ai toujours été amoureuse de toi, Jonas. J'étais jalouse aussi, lorsque j'ai vu Adela la première fois, la façon que tu avais de la regarder, j'étais jalouse lorsque tu te tapais des bimbos devant moi…

— Louise…

Elle lève la main pour que je la laisse continuer.

— Cette nuit-là, chez moi, dans la chambre de Loukas, après le concert et notre tête-à-tête dans la salle de bain, je me sentais si bien dans tes bras, mais j'étais avec Camille, et ma raison a pris le dessus sur mes sentiments. Et puis, il m'a demandé de l'épouser… Et c'est là que j'ai vraiment su que c'était toi… Tu as toujours été là pour moi, Jonas, même lorsqu'Arthur appelait Lina, je me sentais bien… Je…

Elle ne termine pas sa phrase. Je me sens comme un con. Je la serre dans mes bras, je suis sans voix, je suis tellement surpris de ce qu'elle vient de me dire, moi qui ai toujours pensé qu'elle préférait Jim ou Camille à moi.

— Je suis désolé, Louise…

Elle relève les yeux vers moi :

— Désolé de quoi ?

— D'avoir été un connard avec toi, d'avoir gardé l'iPod de Loukas, de t'avoir cherchée, de t'avoir traitée de salope, de t'avoir rabaissée, d'avoir tout fait pour te rendre jalouse…

Elle pose sa main sur ma bouche.

— Chut… Je pense avoir compris…

Elle se blottit contre moi, et nous restons ainsi un moment à profiter du calme qui nous entoure. Mais une question me tourmente depuis un moment :

— Je peux te poser une question ?

Elle relève les yeux vers moi et hoche la tête.

— Pourquoi le téléphone rose ?

— Oh…

— Parce qu'excuse-moi, mais lorsqu'on te connaît, on a du mal à imaginer que tu puisses aimer parler de sexe avec des inconnus au téléphone…

— À cause de l'appartement…

— Louise… Je ne comprends pas. Qu'est-ce que l'appartement à avoir là-dedans ? Je ne vois pas le lien.

Elle baisse la tête et me dit lentement :

— Le fric, Jonas ! Le fric ! Cela me permettait de rester ici et de payer le loyer trop élevé pour moi seule…

— Mais pourquoi ne pas déménager tout simplement ?

— Pour les mêmes raisons pour lesquelles tu es resté dans le tien…

OK, un point pour elle. À cause de Loukas et des souvenirs qu'elle a avec lui dans cet appartement. Tout comme moi, je reste chez moi pour Jack et les moments partagés avec lui.

— Et donc, tu vas reprendre ? Ou tu comptes faire autre chose ?

— Je ne sais pas encore, mais c'est une question pratique. Je n'ai pas besoin de sortir, je suis chez moi et…

— Et ?

— Et je gagne énormément en faisant juste des onomatopées au bout du fil…

— Oh…

C'est la seule chose que j'arrive à lui dire. Est-ce que ça m'emmerde ? Je n'en ai aucune idée. Jamais je n'y ai réfléchi. Après tout, elle le faisait avant et je m'en foutais. Maintenant, si un jour nous devions nous rapprocher, je ne suis pas certain de supporter qu'elle parle avec d'autres hommes que moi. Sa main se pose sur ma joue.

— Est-ce que ça t'ennuie ?

Je pose ma main sur la sienne et lui souris en lui répondant :

— Pas du tout, Louise, c'est ta vie, tu fais ce que tu veux…

Je rajoute doucement :

— Tant que tu es célibataire…

Elle me sourit et me fait une bise sur la joue avant de se blottir à nouveau contre moi et de parcourir du bout des doigts mes tatouages.

Chapitre 21
Louise

Je souffle intérieurement, mais un doute subsiste. Qu'est-ce qu'il a voulu entendre par « tant que tu es célibataire » ? Je pensais qu'il allait me demander de ne pas reprendre les appels du téléphone rouge, mais apparemment, il s'en fout. De toute façon, nous ne sommes pas un couple, juste des amis, et puis il le sait depuis longtemps, donc je ne suis pas étonnée que ça ne le dérange pas plus que ça. Je me lève et regarde à l'extérieur.

— Louise, comment te sens-tu ?

Je suis surprise par sa question. Je me retourne vers lui. Il est assis sur le bord du lit juste derrière moi, son torse tatoué me fait face. Il est beau, c'est indéniable. Son regard gris s'ancre au mien. Je vais, pour une fois, être franche et lui dire vraiment ce que je pense, car je crois que c'est ce dont il a besoin, et moi aussi. Après tout, autant continuer nos révélations.

— Tu veux vraiment le savoir, Jonas ?

Il hoche la tête. Je souffle.

— Je me sens humiliée. Je me sens triste. Je me sens fatiguée. Je me sens délaissée. Je me sens honteuse. Je sens que je ne sers à rien ni à personne...

— Louise...

Je lève la main pour qu'il me laisse terminer.

— Mais, parce qu'il y a un mais... je suis heureuse, Jonas. Heureuse d'avoir quelqu'un comme toi dans ma vie. Tu es là pour moi, et quand on y réfléchit, tu l'as toujours été ! Tu m'as évité de faire une belle connerie et je t'en suis reconnaissante.

Il paraît étonné de ce que je viens de lui dire et se lève pour être face à moi. Je continue :

— Je ne sais plus vraiment ce que je ressens. Ni pour Camille ni pour toi… C'est, c'est comme si j'avais besoin d'une part de vous deux pour exister, tu vois ? J'ai besoin de lui, de sa tendresse, de sa gentillesse, de ses délires enfantins, de son amour pour moi…

Je regarde Jonas, ses yeux se sont fermés. Je pose ma main sur sa joue pour qu'il les ouvre, mais il ne le fait pas. Alors je continue :

— Tout comme j'ai besoin de toi. D'Arthur. De ta fougue. De nos engueulades. De nos affrontements. De nos retrouvailles. De notre passion…

Il ouvre les yeux, penche la tête pour mieux sentir ma main sur sa joue et me sourit. Je m'approche de lui et le prends dans mes bras. Je sens son cœur qui bat très vite, mon visage est posé sur son torse nu. La chaleur de ses bras m'enveloppe, ses mains me caressent le dos. J'ai des frissons. Au fond de moi, je sais que je l'aime, que je l'ai toujours aimé et que je l'aimerai toujours. Nous restons ainsi un moment. Je n'arrive pas à me détacher de lui. Ma respiration se cale sur la sienne, le temps passe, inexorablement, je ferme les yeux.

— Tu sais que je peux être tendre, gentil et que je t'aime comme un fou ?

Ma respiration s'arrête, mon corps se fige, j'ai du mal à réaliser ce que je viens d'entendre. Je sens son souffle sur ma tempe.

— Louise…

Il veut se relever, mais je le serre encore plus pour ne pas avoir à l'affronter, je ne veux pas le regarder, je ne veux pas qu'il remarque l'étonnement dans mes yeux.

Jonas m'aime comme un fou.

La sonnerie de la porte d'entrée nous sort de notre cocon. Je me dégage vite de lui pour aller ouvrir la porte. J'entends un « Putain ! » lorsque je passe la porte de ma chambre.

J'ai à peine entre ouvert qu'une tornade rousse me saute dessus.

— Louise ! Putain ! Trop contente de te voir ! Alors ? Ces vacances ? Bien reposée ?

J'ai un blanc tout d'un coup. Je me retourne lorsque j'entends la voix de Jonas derrière moi.

— Si tu veux qu'elle te réponde, tu devrais peut-être la laisser respirer !

Elle me repousse gentiment et se dirige vers lui. Il a passé un tee-shirt et enfilé des chaussures.

— Jonas ! Je ne pensais pas te voir ici aujourd'hui. Tu n'es pas au studio ?

Je me retourne vers lui et vois qu'il évite mon regard ; il y a quelque chose qu'il ne m'a pas dit.

— Pas aujourd'hui, j'avais besoin d'un break, alors je suis passé voir la vacancière…

Ils se retournent tous les deux vers moi. Il me semble que j'ai raté un épisode.

— Un café ? je leur propose.

Je prends le plus de temps possible pour éviter toutes les questions de Lily, mais je vais devoir inventer une histoire. Alors Jonas ne lui a rien dit ?

— Je vais fumer une clope, tu viens, Lily ?

Elle suit Jonas en discutant de musique avec lui. Je prépare nos cafés en me demandant ce que je vais bien pouvoir lui raconter. Je sursaute lorsque deux mains passent de chaque côté de mon corps pour se poser sur le plan de travail. Le corps chaud de Jonas se colle au mien, sa tête se pose sur mon épaule et il me susurre :

— Tu as rejoint une cousine lointaine dans le sud de la France pour passer du temps avec le peu de famille qu'il te reste… Je te laisse choisir la ville et le reste de tes vacances…

Il me fait une bise sur la joue et part sur la terrasse avec deux tasses de café en main. Il m'étonnera toujours. Il n'a rien dit à personne de mon pétage de plomb et de ma semaine de déchéance. Je les rejoins sur la terrasse et notre conversation dévie sur mes vacances imaginaires avec ma cousine imaginaire… Je ne m'en sors pas trop mal, surtout avec Jonas qui dévie souvent la conversation sur la musique et les concerts à venir de Lily. Apparemment, elle rencontre un franc succès et ça commence à bouger pour son groupe aussi.

Je ne peux m'empêcher de les regarder tous les deux et de ressentir du bien-être en les voyant discuter. Ils sont si complémentaires, un frère et une sœur, l'un commence une phrase et l'autre la termine souvent. Je repense à Loukas tout à coup, à notre entente, à nos fous rires, à nos délires, à mon manque de lui et les larmes coulent d'elles-mêmes. Je m'en rends compte lorsque Lily et Jonas se retournent vers moi.

— Hey ma belle ! Ça ne va pas ?

— Oh ! Non, ça va très bien !

J'essuie mes larmes en leur souriant. Jonas relève un sourcil en me regardant :

— Tellement bien que tu pleures ?

— Mais c'est vous qui me faites pleurer !

— Je ne comprends rien ! me dit Lily.

Je souffle, je n'ai pas envie de leur expliquer, mais tant pis :

— En vous voyant discuter et rire, j'ai repensé à Loukas et… voilà ! Ce n'est rien !

Je me lève pour aller à la salle de bain me rafraîchir. Lorsque je les rejoins, ils sont prêts à partir.

— Ma belle, on doit te laisser. On se revoit plus tard ?

Je hoche la tête en souriant à Lily. Jonas me fait un clin d'œil et la suit. Lorsqu'ils ont passé la porte, je m'assois. J'écoute le silence de mon appartement.

Je regarde autour de moi et vois quelques affaires qui appartiennent à Jonas. Un ordinateur, un chargeur de portable, un sweat, un ampli, un casque… Cela fait si longtemps qu'il veille sur moi que ses affaires ont l'air d'avoir toujours été là ; elles font partie de mon univers. J'enfile son sweat, me réconforte en inspirant son odeur si particulière et me mets à travailler pour ne pas trop penser.

La sonnette de la porte me réveille. Il est 9 heures du matin. Je me suis endormie sur mon canapé en travaillant. Le facteur me tend un recommandé que je signe. Après avoir fermé la porte, je me fige dans l'entrée en voyant le nom de l'expéditeur : Camille Armen.

Mon cœur va exploser dans ma poitrine, mes jambes tremblent, je suis incapable de bouger, d'effectuer le moindre geste. Je ne sais pas pendant combien de temps je reste là à observer et à retourner cette enveloppe, mais le bip de mon téléphone me sort de ma torpeur.

J'ai plusieurs messages de Jonas d'hier soir et un de ce matin :

Comme un fou, Louise

Tu vas bien ?

Repose-toi bien à demain

Je passe dans quinze minutes

Je souris en voyant son dernier message. Je laisse la porte entrouverte et vais m'asseoir sur un fauteuil au salon. Je n'arrive pas à ouvrir cette lettre. Jonas arrive quelques minutes plus tard. Il me trouve toujours immobile dans le fauteuil.

— Ça va ? Tu es toute blanche.

Je relève les yeux vers lui et lui montre la lettre que j'ai en main.

— Oh…

Il se retourne et se dirige vers la porte pour partir.

— Non ! je lui crie. J'ai besoin de toi.

Il se retourne lentement vers moi.

— Tu es sûre ?

Je hoche la tête et lui fais signe pour qu'il vienne s'asseoir avec moi sur le fauteuil. Il se place derrière moi, et je colle mon dos à son torse. Je souffle, mais n'arrive pas à l'ouvrir, je la tends à Jonas.

— Louise…

— Je n'arrive pas à l'ouvrir…

Il souffle, la prend et l'ouvre. Il en sort une longue lettre et me la tend. Je l'attrape lentement, et lorsque mes yeux se posent sur les premiers mots, je ne peux m'arrêter.

Ma princesse,

Je t'aimais, je t'aime et je t'aimerai jusqu'à mon dernier souffle. Tu dois te demander pourquoi j'ai fui, pourquoi je t'ai abandonnée. C'est justement pour tout l'amour que j'ai pour toi. Je veux que tu connaisses le bonheur d'être avec un homme avec qui tu pourras partager ta vie. Ce n'est plus le cas avec moi. Je le sais. Et au fond de toi, tu le sais aussi. Nous nous aimons aujourd'hui, mais qu'en sera-t-il dans quelques années ? Lorsque tu auras envie de me faire l'amour immédiatement, mais que nous devrons attendre qu'une injection agisse pour pouvoir être unis ?

Tu penses que je suis égoïste, mais je fais ça pour toi, uniquement parce que je t'aime et que je ne veux pas te voir dépérir à mon contact. Je ne veux pas lire de regret dans tes yeux. Le regret de ne plus pouvoir faire l'amour spontanément, le regret de ne pas pouvoir bouger sur un coup de tête, et bien d'autres choses encore...

Tu es si spontanée ! Rester à mes côtés signifierait que je doive t'enlever tes ailes, et ça, je ne peux pas, je ne veux pas être un poids pour toi.

Je t'aime comme un fou, si tu savais. Et c'est avec tout mon amour que je te quitte et te laisse libre de vivre ta vie librement et pas accrochée à un homme diminué physiquement.

Je sais, comme tu le sais depuis longtemps, qu'une personne veille sur toi dans l'ombre... Avant que nous soyons ensemble, il était à tes côtés ; pendant notre relation, il veillait sur toi au loin ; et après mon départ, il t'a soutenue et m'a demandé d'avoir des couilles pour te dire et t'écrire tout ce que je ressens pour toi.

Nous savons tous les deux qui est ce veilleur.

Ma princesse, sois libre d'en aimer un autre, sois libre de vivre ta vie comme tu l'entends.

Je t'aime.

Ton Cam

Je vois flou, mes yeux sont emplis de larmes. J'ai sous les yeux la preuve que Cam ne veut plus de moi, qu'il m'abandonne. Il me laisse entre les bras de mon veilleur, de celui qui a toujours été là pour moi. Je ferme les yeux, me laisse aller contre son torse, cale ma respiration à la sienne et me détends alors que ses mains me caressent tendrement.

Chapitre 22
Louise

3 ans plus tard

J'ai les yeux rivés sur le grand écran. Malgré l'éloignement, le fait que je ne l'ai pas vu depuis plusieurs années, je le trouve toujours aussi beau. Il transpire sous l'effort, les muscles tendus de ses bras roulent sous sa peau, mais je devine son envie, sa détermination sous ses lunettes de soleil.

— Putain ! Il l'a fait !

Beaucoup de cris de joie accompagnent les miens lorsqu'il passe la ligne d'arrivée. Nous sommes debout, nous crions, nous hurlons, nous nous prenons dans les bras. Lorsque je me détache de Marc, je vois ses yeux briller ; ses larmes ne sont pas loin alors que les miennes inondent déjà mon visage. Nous nous sourions et nous savons d'un regard que nous sommes fiers de lui, du chemin qu'il a parcouru depuis trois ans. Il vient de terminer l'*Iron Man*. Il est deuxième dans sa catégorie et il est donc automatiquement qualifié pour les jeux paralympiques.

— Champagne ! La tournée du patron ! hurle Marc.

Nous sommes réunis dans sa brasserie au bord du lac. Tous les amis de Camille sont ici, ceux avec qui il a gardé quelques liens, surtout des sportifs. Je suis si fière de lui ; ses efforts ont payé. Cam est redevenu un athlète accompli malgré sa paraplégie. Nous ne nous sommes pas revus ni parlé depuis sa fameuse lettre. Il n'a jamais voulu reprendre contact avec moi, mais Marc et Océane ont fait en sorte de me donner de ses nouvelles sans en avoir l'air.

Je sais qu'il a eu un déclic en rencontrant un kiné dans son centre de rééducation, un homme qui l'a motivé à s'entraîner malgré son handicap. Il l'a d'abord amené à la piscine et lui a présenté des personnes qui s'entraînaient pour un triathlon. Il s'est pris au jeu, il a recommencé la natation, puis il s'est essayé au handibike et ensuite au fauteuil d'athlétisme. Après quelques mois d'intense rééducation et d'entraînement, il a participé à son premier triathlon assisté par son kiné qui faisait le handler pour l'aider à sortir de l'eau et à se changer entre les différentes disciplines. Puis, il a recommencé encore et encore. Il a retrouvé sa soif de vivre, sa motivation pour le sport, son esprit de compétition.

Je suis si fier de lui, il vient de terminer l'*Iron Man* et va participer aux jeux paralympiques. Il le mérite tellement.

Je souris à Océane qui vient vers nous en hurlant, en riant, en pleurant, en sautant dans tous les sens. Elle accourt dans les bras de son père, elle est magnifique. Une magnifique jeune femme de 20 ans, dont la canne a désormais disparu. Elle ne nous avouera jamais pourquoi, subitement, elle a décidé de faire ce qu'il fallait pour ne plus avoir à la supporter. Subir toutes ces opérations et ces mois de rééducation a été assez intense, mais je sais qu'un certain chanteur d'un groupe de rock n'y est pas pour rien.

Je souris à l'homme qui se dirige vers moi et me prend dans ses bras. Tobias, le copain attitré d'Océane. Un homme charmant, plus âgé qu'elle de quelques années, mais qui la respecte énormément. Il est tatoué, guitariste et beau comme un dieu ! Et surtout, il est aussi fan d'IDiavoli qu'elle… Leur couple était inévitable, j'ai juste dû l'aider à convaincre Marc qu'il ne fallait pas se fier aux apparences.

Mes yeux se tournent vers l'écran où l'on peut apercevoir Cam en gros plan. Son sourire est magnifique. Je retrouve dans son regard la joie de vivre et ce petit sourire malicieux que j'aimais tant, son sourire de gosse. Il est heureux, je le vois à travers l'écran. J'essuie les larmes qui dévalent mon visage et serre Océane qui m'a prise dans ses bras en regardant aussi l'écran.

— Il a l'air si heureux…

Je me tourne vers elle et lui réponds :

— Il l'est ! Regarde-le !

— Le Camille d'avant, dit-elle doucement.

— Non, ma belle, le nouveau Camille.

— Allez ! Tout le monde à table ! nous crie Marc.

Nous nous rassemblons tous autour d'une grande table dressée sur la terrasse. Je ne peux m'empêcher de penser à la première fois que Camille m'a amenée ici, à la première fois que j'ai rencontré Marc et Océane. Je souris en me remémorant ces souvenirs passés avec lui, à sa manie de ne jamais être à l'heure, son habitude de me dire les choses au dernier moment, sa façon de débouler tel un ouragan après avoir couru le matin avant de commencer le boulot.

Je sursaute lorsqu'une main se pose sur la mienne. Marc me sourit et me demande :

— Comment te sens-tu ?

Je lui souris en retour :

— Je vais bien, je suis heureuse pour lui, vraiment !

Il me serre dans ses bras, et nous restons ainsi un moment. Je savoure cet instant. Marc est devenu un pilier dans ma vie. Malgré la fuite de Camille, nous sommes restés en contact. Il m'a aidé à sa façon ainsi qu'Océane.

Elle a eu besoin de Jonas, elle est devenue la petite sœur qu'il n'a jamais eue. Elle accompagnait le groupe lorsque celui-ci était en concert dans les environs. C'est d'ailleurs à un de ces fameux concerts qu'elle a rencontré Tobias. Celui-ci a été validé et approuvé par les gars du groupe et par Lily, et ce n'est donc qu'après qu'elle l'a présenté à Marc.

Nous mangeons, buvons et rions tous ensemble. Au fond de moi, je suis rassurée. Camille est heureux, il a su reconstruire sa vie autour du sport. Océane se jette sur moi avec son téléphone en main.

— Louise ! On fait une photo !

Elle me serre dans ses bras, Marc et Tobias viennent se joindre à nous. Elle en prend plusieurs, car nous rions tellement que nous ne sommes jamais prêts en même temps. Lorsqu'elle arrive à en prendre une à peu près nette, elle pianote sur son portable et nous sourit.

— À qui l'as-tu envoyée ? lui demande Tobias.

— À l'homme le plus important de ma vie !

— Tu plaisantes ? il lui demande.

Elle se rend compte de ce qu'elle vient de dire et rajoute très vite :

— À part toi et papa, bien sûr !

Et elle se rapproche de lui pour l'embrasser à pleine bouche. Un raclement de gorge les interrompt. Marc. Elle se retourne vers lui et lève les yeux au ciel en se séparant de Tobias et me demande doucement :

— Tu crois qu'il pense que je suis encore vierge ?

J'éclate de rire devant sa mine de petite fille et regarde successivement Marc et Tobias pour lui répondre doucement :

— Je crois qu'il pense que s'il y croit fortement son vœu se réalisera…

Nous rions de plus belle. Elle regarde son portable, puis moi, puis encore son portable. Je lève un sourcil, et elle me montre l'écran. Les larmes me montent aux yeux lorsque je lis le message qui s'y affiche.

Tu es de plus en plus belle. Dis à Louise à quel point elle est magnifique et que je regrette vraiment d'avoir été aussi con à une certaine époque…

Je relève les yeux vers Océane qui me sourit tendrement. Elle me tend son portable afin que je le prenne. J'hésite un instant avant de m'en saisir et de m'éloigner de la terrasse jusqu'à ce que mes pieds touchent le sable. Je m'assois contre un arbre, enlève mes chaussures et appuie sur appeler avant d'avoir trop peur de le faire. Après deux sonneries, il répond :

— Hey ma jolie ! Je n'ai pas beaucoup de temps devant moi, Océane, mais je t'écoute.

Il crie à moitié, j'entends du bruit derrière lui. Mon cœur s'est arrêté de battre un instant en entendant sa voix. Je souffle avant d'ouvrir la bouche :

— Je voulais juste te féliciter de vive voix, Cam…

Un long silence…

— Louise ?

— Comment te sens-tu après ce triathlon ?

— Je… Oh putain… Louise… Pardon, pardon, pardon…

— Pardon ? Mais de quoi tu me parles, Cam ?

— J'ai voulu t'appeler, tu sais… cent fois, mille fois… Mais… ma lâcheté a pris le dessus et…

— Oh, Cam…

J'ai du mal à retenir mes larmes, mon cœur se serre de l'entendre, même après toutes ces années passées sans lui.

— Est-ce que tu es heureuse, Louise ?

— Oui, Cam, je suis heureuse, et encore plus depuis que tu as décroché ce foutu téléphone !

Il rit. C'est agréable de l'entendre.

— Et toi, Cam ? Comment vas-tu ? Et je ne parle pas que du côté sportif…

Il met un peu de temps à répondre.

— Louise, je suis un homme complètement heureux maintenant que je t'entends. Mais… me pardonneras-tu un jour de t'avoir abandonnée sans t'avoir laissé le choix ?

Je ferme les yeux et essuie les larmes qui se sont mises à couler.

— Je t'avoue que j'ai eu du mal à comprendre, Cam… J'ai eu du mal à accepter l'inacceptable pour moi… Mais… je t'ai pardonné depuis longtemps, Camille…

Un silence s'installe entre nous. Je l'entends respirer à l'autre bout du fil puis renifler. Je souris. Nous pleurons tous les deux.

— Louise…

— Oui ?

— Est-ce que ton veilleur est toujours là pour toi ?

Je souris avant de lui répondre :

— Il a veillé et veille toujours sur moi, Camille…

— Alors je suis un homme heureux, Louise. Vous êtes faits pour veiller l'un sur l'autre depuis toujours…

Épilogue

« Tu n'es plus là où tu étais, mais tu es partout là où je suis », V. Hugo

Je lis et relis encore une fois cette citation de Victor Hugo que j'ai fait apposer sur la pierre tombale de Loukas il y a plusieurs années maintenant. Mes larmes dévalent sur mes joues, je ne peux les empêcher de couler malgré tout ce temps. Une main chaude saisit la mienne, je relève les yeux et plonge dans ceux couleur acier de Jonas. Nous nous sourions et regardons encore une fois l'endroit où reposent nos frères.

Cela fait cinq ans maintenant que nous nous retrouvons ici, toujours à la même date, toujours à la même heure, quoi qu'il advienne. Lui avec du jasmin, moi avec une pivoine. C'est notre petit rituel, immuable.

— On doit filer, les autres nous attendent.

Un dernier au revoir et nous montons dans le 4x4 de Jonas pour rejoindre nos amis. Ils nous attendent tous dans notre grande maison pour fêter mon anniversaire. Jonas, Lily et Jim ont mis du temps à me convaincre de le fêter, mais avec les années, ce petit rituel s'est instauré. Nous rejoignons donc notre maison où nous retrouvons Jim, Lily, Fred et Stan du groupe ainsi que Marc, Océane et Tobias, Aaron et Adela.

Lorsque nous entrons, des cris nous accueillent :

— Bon anniversaire, Louise !

Tout le monde a un verre à la main. Nous buvons, nous mangeons, nous rions, nous chantons et nous pensons très fort à Jack et Loukas.

Alors que je suis assise sur la terrasse de notre grande maison, je me surprends à regarder les gens autour de moi. Je ne peux me départir du sourire qui orne mon visage.

Jim est venu avec sa compagne Lila avec qui il est depuis quelques années maintenant. Une jeune femme aux cheveux rouges qui est tatoueuse. Lily et Adela se regardent toujours amoureusement, même si je sais que leur relation n'est pas toujours rose. Lily doit gérer ses nombreuses absences à cause de ses tournées de plus en plus fréquentes, et la jalousie maladive d'Adela.

Marc est avec une femme charmante qui a commencé à travailler pour lui à la brasserie et qui s'est finalement installée chez lui. Elle n'est pas du tout sportive, mais c'est une vraie maman qui sait nous préparer des petits plats comme on les aime. Océane l'a acceptée tout de suite, et le fait qu'elle soit à l'inverse de sa mère est un plus pour elle. Elle qui vit le parfait amour avec son Tobias. Ils ont aménagé ensemble, mais ils passent souvent nous voir, et elle a toujours cette relation assez particulière avec Jonas, ils ont créé des liens indéfectibles.

Une main se pose sur ma cuisse, je souris en relevant les yeux sur mon veilleur qui s'assoit près de moi et me serre contre lui. IDiavoli est un groupe célèbre à travers le monde entier, et Jonas est souvent absent lorsqu'il part en tournée internationale, mais je réussis quand même à me dégager du temps pour aller le voir. Et puis, nous avons gardé le même mode de communication que nous avions au début de notre rencontre… Le téléphone rouge me suit partout même s'il n'y a plus qu'Arthur qui m'appelle désormais. Cela met du piment dans notre vie bien remplie, il est le lien, le fil conducteur de notre relation.

J'ai gardé mon travail dans la maison d'édition dans laquelle j'ai commencé, je peux partir au gré de mes envies, même si je travaille toujours autant voire plus. Lily ne travaille plus avec moi, car elle est chanteuse à part entière maintenant. Son groupe a démarré en flèche alors qu'elle a signé une chanson pour la bande originale d'un film qui a super bien marché.

Je serre tout le monde dans mes bras. Chacun me dit au revoir et me souhaite à nouveau un bon anniversaire. Lorsqu'ils ont tous passé la porte, je rejoins Jonas sur le canapé et m'affale à côté de lui. Je grimace en voyant tout le bordel qui traîne, mais je n'ai pas envie de ranger tout de suite, j'ai juste envie d'être avec lui. Je me blottis contre son torse et ronronne lorsque ses mains se mettent à me caresser. Il doit partir demain pour une tournée de plusieurs mois et je compte bien profiter de lui cette nuit.

Je passe mes jambes sur lui et me retrouve à califourchon sur ses cuisses, mes mains sur son visage, je le regarde tendrement.

— Je t'aime, Jonas.

— Je t'aime aussi Louise.

Je m'approche de sa bouche et l'embrasse à en perdre haleine. Je l'aime un peu plus chaque jour. Jonas le connard a laissé place à un homme attentionné, doux, aimant et très jaloux. Ses mains se posent dans mon dos et me caressent lentement. Je gémis lorsqu'il se fait plus entreprenant et défait les agrafes de mon soutien-gorge avec toujours autant d'habileté. Ses mains se font plus audacieuses, puis il me pousse sur le canapé, en me surprenant, il reste au-dessus de moi, son regard intense dans le mien. Après un léger baiser sur mes lèvres, il s'éloigne de moi. J'essaie de le retenir en glissant mes mains derrière sa nuque, mais il m'embrasse passionnément pour me laisser pantelante avant de s'éloigner à nouveau.

— Ne bouge pas ! Je reviens !

— Mais…

Mon téléphone rouge se met à sonner. Je me lève pour le prendre dans mon sac à main :

— Lina, bonsoir. Que puis-je faire pour vous satisfaire, Arthur ?

— Bonsoir, Lina. Une personne m'a dit que c'était votre anniversaire ce soir, est-ce vrai ?

— Oui, Arthur, c'est juste…

— Alors, chère Lina, j'aimerais vous faire mon propre cadeau d'anniversaire, êtes-vous d'accord ?

— Dis-m'en plus, Arthur…

— Eh bien, tout d'abord, j'éteindrais toutes les lumières qui se trouvent autour de vous…

Au même moment, je me retrouve dans le noir…

— Et ensuite, Arthur ?

— Ensuite, je vous demanderais de vous déshabiller, de ne garder que ce qu'il vous reste de vos sous-vêtements.

Je me dépêche de retirer et jeter mon tee-shirt et mon jean au sol, et me réinstalle sur le canapé.

— Et ensuite ?

Je vois une bougie qui s'allume, puis deux, puis trois, puis beaucoup d'autres. Il n'est qu'une ombre au milieu du salon, je vois son dos tatoué qui bouge vite, puis il disparaît comme il est venu. Seules les flammes des bougies éclairent la pièce. C'est magnifique…

— Arthur ?

— Ensuite, je veux que vous fermiez les yeux, Lina…

Je sens que l'on dépose quelque chose sur mes cuisses. Je garde les yeux fermés.

— Vous pouvez ouvrir les yeux. Joyeux anniversaire.

Mes yeux se posent sur un petit carré couvert de soie bleue. Je pose le téléphone sur le canapé et ouvre le paquet. Mes larmes coulent lorsque mes yeux regardent la bague qui se trouve devant moi. Une bague « toi et moi » en or blanc, sertie de deux diamants magnifiques.

Je sursaute lorsque la voix de Jonas me susurre à l'oreille.

— Tu sais que tu es à moi et que je suis à toi. Mais je veux que le monde entier le sache, Louise, je veux que tu deviennes ma femme aux yeux de tous.

Je relève mes yeux larmoyants vers lui. Il saute sur le canapé à côté de moi, prend la bague et la passe à mon annulaire gauche. Je n'arrive pas à détacher les yeux de ma main.

— Mais… Mais je croyais que pour le groupe, c'était mieux de…

Il prend mon visage en coupe, et je me plonge dans ses magnifiques yeux gris.

— On s'en fout, Louise ! Je t'aime comme un fou, point. Je m'en moque du groupe, des fans et des groupies. C'est toi depuis toujours, pour toujours et à jamais.

Il tombe en arrière sur le canapé alors que je viens de lui sauter au cou et l'embrasse à pleine bouche, je ne peux plus me passer de lui et de sa présence, je l'aime tant.

Il s'écarte de moi en riant :

— Ça veut dire oui ?

J'éclate de rire en l'embrassant à nouveau…

Remerciements

Voici ce moment, celui des remerciements, ce qui signifie que vous venez de terminer la lecture de mon bébé.

Il faut que vous sachiez qu'à la base *À L'Ombre De Nos Frères* est un one shot. Pour ceux qui ne connaissent pas ce jargon, cela signifie que les trois tomes sont un seul et même roman. Il a été découpé car il était trop long à la base. Alors oui, je sais ce qu'a représenté pour vous l'attente du tome 2, et encore plus celle du tome 3, car je suis aussi une lectrice impatiente. Mais voilà, si vous lisez ces lignes, c'est que vous avez enfin pu découvrir l'histoire de Jonas et Louise dans sa globalité.

Cette histoire a débuté sur une plateforme en ligne. Grâce à ma grande sœur qui lisait énormément dessus et qui m'a « poussée » à publier cette histoire. Je ne te remercierais jamais assez, ma Soph, de m'avoir encouragée à dévoiler cette histoire aux yeux de tous. Grâce à toi, une grande partie de mon rêve s'est réalisée : permettre à des « inconnus » d'entrer dans mon univers, dans mon esprit parfois tordu, de les faire voyager, rire, pleurer, éprouver des sensations contradictoires grâce à mes mots. Les retours ont été plus que probants, et je remercie infiniment les personnes qui m'ont encouragée à continuer, celles qui voulaient mettre des claques à Jonas, qui ne comprenaient pas le comportement de Louise, les impatientes qui voulaient la suite très vite, les petits fantômes. Merci à vous de m'avoir poussée vers l'édition.

Et justement, je remercie Noémi, mon éditrice, et l'équipe de chez So Romance qui ont cru en ma longue histoire et m'ont permis de passer un cap. Un énooorme merci à Philippe, le graphiste de chez So Romance qui a su s'adapter à mes idées (oui, je sais ce que je ne veux pas…), qui les a magnifiées pour m'offrir des couvertures complètement raccord avec qui je suis et ce que ce roman représente.

Une petite pensée à mon Xan qui vient parfois me sortir de ma bulle en me demandant : « Maman, tu écris encore tes livres ? Alors je ne t'embête pas trop longtemps… » À mon Anna : oui, tu vas attendre encore un tout petit peu pour les lire ! Et mon Baptiste : t'as raison, « l'amour c'est naze ! » Et à mon Xabi qui me laisse dans ma bulle, même si je sais qu'il aurait préféré que je passe moins de temps avec Jonas…

Et enfin, un grand merci à toutes les personnes autour de moi qui m'encouragent dans l'ombre, sans forcément s'en rendre compte. Vous ne le savez peut-être pas, mais quelques mots, quelques étoiles et commentaires sur les plateformes, quelques paroles échangées suffisent parfois à faire toute la différence. Merci aussi à ceux que j'ai rencontrés grâce à Jonas et Louise. À ces personnes avec qui j'ai sympathisé, échangé, discuté, je pense à Alexandra, Virginie, Pauline, Sandrine, et bien d'autres encore qui m'ont encouragée et motivée sur Insta. D'ailleurs, n'hésitez pas à me suivre sur mon compte : virginiaetxeauteur, je serais ravie d'échanger avec vous !

Un petit dernier pour la route qui me tient à cœur. Merci Anna, merci à toi d'avoir répondu à mes questions lorsque je doutais, merci de m'avoir conseillée, de m'avoir encouragée, de m'avoir motivée… Car en plus d'être une auteure de talent, tu es une femme adorable et bienveillante.

J'espère vous retrouver très vite pour d'autres aventures livresques !

Virginia

Playlist TOME 1
Apparences Trompeuses

Chapitre 5
Die Easy, Rag'n'bone Man
Creep, Radiohead
Chapitre 6
Done All Wrong, Black Rebel Motorcycle Club
Butterflies and Hurricanes, Muse
Hypnotise, System Of A Down
Chapitre 9
Teardrop, Massive Attack
Way Down We Go, Kaleo
The Great Escape, Pink
Chapitre 13
Zombie, Bad Wolves
Chapitre 15
Refuse Resist, Sepultura
Chapitre 17
Chop Suey!, System Of A Down
Chapitre 18
Lay My Body Down, Rag'N'Bone Man
The Sound Of Silence, Disturbed (Simon and Garfunkel)
Darling, Mano Negra
Chapitre 22
Duality, Slipknot
Chapitre 30
Goodbye, Dear Friend, Deer Tick

Playlist TOME 2
Hésitation

Chapitre 2
Leaving On A Jet Plane, John Denver
Chapitre 5
Salted Wound, Sia
Chapitre 8
Crazy in love remix, Beyoncé
Chapitre 12
To Bring You My Love, PJ Harvey
Océans, Pearl Jam
Chapitre 15
I'm So sorry, Imagine Dragons
Creep, Radiohead
Chapitre 17
I'll Be Your Lover Too, Van Morrison
Chapitre 19
Oceans, Pearl Jam
The Sound Of Silence, Simon and Garfunkel

Playlist TOME 3
Évidences

Chapitre 7
À la longue, Noir Désir
Oh darlin' what have I done, The white Buffalo
Chapitre 9
Stay, Thirty Seconds to Mars
Chapitre 15
À ton étoile, Noir Désir
Chapitre 19
With or without you, U2

Vous avez aimé votre lecture ?
Découvrez les autres romans des éditions So Romance
disponibles en format papier et numérique.

Chardon bleu
Tome 2 : Montre-moi tes enfers
Dix jours sont passés, Éliza quitte à présent la demeure d'Alex pour s'installer directement dans la chambre du absolute master. Alors qu'un mois lui paraissait interminable, Éliza redoute qu'il prenne fin. Comment retourner à sa vie si paisible, si morne après avoir goûté au danger ? Les derniers jours passent alors à une vitesse folle. Au contact de Silver, la douce et naïve Éliza apprend à dominer ses craintes et à apprivoiser son mystérieux amant. Tout n'est pourtant pas si rose au refuge. Tiraillée entre aider son amie ou trahir celui qui la fait renaître, Éliza va devoir faire un choix.

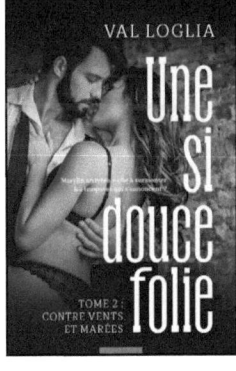

Une si douce folie
Tome 2 : Contre vents et marées
Quelques mois après avoir rencontré Adam, un charismatique avocat, Marylin tente de concilier son rôle de mère avec cette nouvelle passion exaltante. Mais une lettre anonyme la menaçant des pires représailles si elle ne quitte pas son amant vient compromettre ce fragile équilibre. Persuadée que ces menaces proviennent de l'ex-femme d'Adam, Marylin confronte ce dernier, qui refuse de la croire.
Et tandis que sa nouvelle relation rencontre ses premiers soubresauts, l'étau se resserre autour de Marylin…

Fight for me
Tome 1 : Addiction

Alors qu'elle était une adolescente mal dans sa peau, Angie a traversé une période difficile et a commencé à s'auto-mutiler. Sa mère, inquiète pour sa fille et des qu'en dira-t-on, a estimé qu'il était préférable qu'elle parte quelque temps chez sa tante, en Californie. À son retour, six ans plus tard, Angie est métamorphosée et pense être en mesure d'affronter les démons qui l'avaient fait succomber. Mais lorsqu'elle recroise Luca, son ami d'enfance, sa volonté flanche. Car le jeune homme représente à ses yeux bien plus qu'un premier amour. Il est aussi le responsable de son départ.

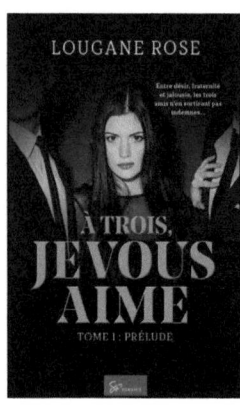

À trois, je vous aime
Tome 1 : Prélude

Léandre et Valentyn sont deux amis d'enfance, deux frères de cœur liés par un pacte qui les empêche de tomber amoureux de la même femme. Tant mieux, tomber amoureux ne fait pas partie de leurs projets. Lilie, petite tornade brune, vient s'installer pour travailler sur son nouveau roman, chez les deux hommes à Londres. Elle va bouleverser leur vie, leurs sentiments et leur amitié… entre désir, fraternité et jalousie, les trois amis n'en sortiront pas indemnes.
Foutu pacte.

Pour en savoir plus
www.soromance.com

© Éditions So Romance, 2021 pour la présente édition

Éditions So Romance
10/8, rue Jules Cockx
1160, Bruxelles
www.soromance.com

ISBN : 9782390452515
D/2020/14.771/52

Maquette de couverture : Philippe Dieu
Photo : ©Arthur-studio10 / Shutterstock